NEW MOBILE REPORT GUNDAM W Frozen Teardrop

新機動戰記鋼彈W

冰 結 的 淚 滴

1 贖罪的旋舞曲（上）

隅沢克之

封面 あさぎ桜・KATOKI HAJIME 原案 矢立肇・富野由悠季

登 場 人 物

Character

希洛・唯

維持著少年的模樣，沉睡在名為「睡美人」的人工冬眠用冷凍艙中。

麥斯威爾神父

迪歐・麥斯威爾。全身穿著黑色神父服，給人神秘兮兮感覺的中年男人。

迪歐・麥斯威爾

麥斯威爾神父的兒子，有點傲氣的辮子少年。鋼彈駕駛員。

張老師

張五飛。擔任「預防者」火星分局的局長職務，同時也是凱西的長官。

凱西・鮑

直屬地球圈統一國家總統的祕密情報部「預防者」的准校。莎莉的女兒。

莉莉娜・匹斯克拉福特

傑克斯的妹妹。據說與希洛一樣沉睡在人工冬眠用的冷凍艙中……

特列斯・克修里納達

艾因及安潔莉娜的兒子。殖民地領袖希洛・唯是他的舅公。

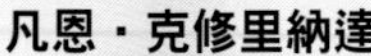

凡恩・克修里納達

特列斯的異父弟弟。克修里納達家與羅姆斐拉財團的正式繼承人。

傑克斯・馬吉斯

本名米利亞爾特・匹斯克拉福特。是匹斯克拉福特王的長子，但隱姓埋名。

露克蕾琪亞・諾茵

維多利亞湖基地軍官學校的預備生。特列斯在該校擔任教官。

人工冬眠用冷凍艙

Cold Sleep Capsule

希洛沉睡在其中的人工冬眠用冷凍艙，是總長超過三公尺的大型裝置。外觀取自闔上天使雙翼沉睡的睡美人形象。美少女般的臉孔跟莉莉娜酷似……？

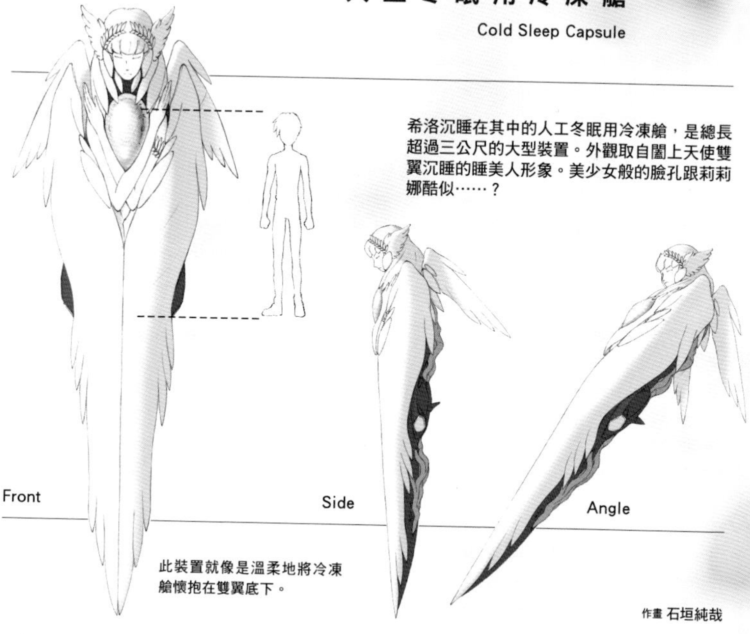

Front

Side

Angle

此裝置就像是溫柔地將冷凍艙懷抱在雙翼底下。

作畫 石垣純哉

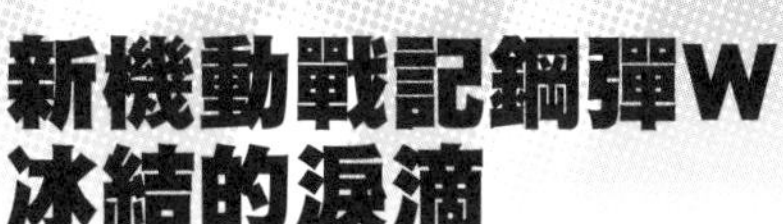

新機動戰記鋼彈W
冰結的淚滴

NEW MOBILE REPORT GUNDAM W Frozen Teardr

隅沢克之

1 贖罪的旋舞曲（上）

Kadokawa Fantastic Novels

封面插畫／あさぎ桜、KATOKI HAJIME

插畫／あさぎ桜

日版裝訂／KATOKI HAJIME

無言的前奏曲

序曲檔案

MC-0022 NEXT WINTER

我正趕往張老師的所在處。

雖然行星改造工程已經成功，但是這片北極洋的海面，仍然因低於零下二十度的冷冽氣溫而結凍，並刮著白茫茫的風暴。這已經不能叫作雪，而是由帶有水氣的微粒子本身凍結而成，接近鑽石塵的小雪霰為主所形成的風暴了。

而這樣的白色風暴，正敲打著疾駛在海面上的長距離高速氣墊艇「VOYAGE」的窗戶，幾乎擋住眼前的視野。

「凱西准校，行駛五公里後就會到達預防者基地，但看來還要再花上兩個鐘頭。」

操艇手提爾・希柯特利上尉用不知是在報告還是自言自言的聲音說道。

在其身旁的艇長堺正和，專心盯著全像投影幕所映出的航海圖，雖然為副螢幕上不時變化的氣象圖心情焦慮，仍聳了聳肩說：

「會比預定到達的時間晚約十五分鐘。啊呀～真沒想到北極冠的天氣會差成這樣呢。」

「我知道了。不好意思，麻煩你了。」

我的聲音聽起來可能也像是在自言自語的低喃吧。畢竟天氣冷到讓人嘴唇發抖，牙齒打顫，只能這樣講話。

但是這個地方過去曾經寫下零下九十度的紀錄，所以也沒什麼好抱怨的了。

「可是，不趕快的話……」

不趕快不行。

必須儘早除去這個世界的火種才行。

我是凱西・鮑准校。

在直屬地球圈統一國家總統的祕密情報部「預防者」任職。

預防者（Preventer）一般稱作「滅火的」，是以維持地球圈和平及廢絕武器為任務的特務機關。

我帶到這裡來的紀錄檔案晶片，是地球圈統一國家總統——桃樂絲・K・卡塔羅尼亞傳送過來的。

這個記憶晶片，想必內容就是要用來發動「神話作戰」。

我立刻將事情的報告傳給位在北極冠的預防者基地，但張老師卻指示除了這個記憶晶片外，還要從地球圈統一國家管理文件的史藏館舊資料庫下載三份檔案一起帶去。

——妳身為預防者的一員，必須看過這些檔案……來之前先看看吧。

還是老樣子，是個講話方式老是不管對方死活的上司。

（這種上個世紀的資料，到底會有什麼幫助？）

資料檔案無意義到讓人不自覺這樣覺得。

三個指定要帶的資料檔案由前到後算起，分別是AC195年的夏季及秋季，以及隔年AC196年春季的紀錄。

這些資料不管是語言、記錄者還是保管地點或保存方式都完全不同，各檔案之間也毫無相互關係及關聯。

這些檔案僅有的共通項目，就是「鋼彈駕駛員」這個關鍵字。

他們是駕駛由鋼彈尼姆合金製MS「鋼彈」的優秀駕駛員。

一般的史藏館，別說這些駕駛員的個人名字了，就連「鋼彈」這名稱也未寫出來，只以「XXXG」開頭的冰冷機體編號稱呼，在後來的地球圈也沒有成為傳說而流傳。

這些檔案就算被稱作「機密紀錄」也完全不足為奇，就像是跟絕大部分的歷史舞台正面完全無關一般。

說到AC195年，正是地球圈人類的戰爭發展到令人悲痛至極的時期。於該年夏季記下的第一份檔案是以德文書寫，內容與其說是日記或傳記，倒不如說像是信件或短篇論文那樣。

開頭部分引用了舊世紀奧地利詩人，萊納．瑪利亞．里爾克的詩〈秋〉。季節是夏季，卻會想到「秋」這點令人費解。更特別的是，這首詩最後在寫下兩行文字之後，又自己劃線刪掉這部分，使人產生這份檔案似乎頗有某種深意的感覺。

我不懂這樣做有什麼意義。不過名為米利亞爾特．匹斯克拉福特的鋼彈駕駛員確實活躍在這個時代。並且可以猜想到寫這篇文章的人，極可能就是那著名的特列斯．克修里納達。

這份檔案的內容如下——

AC-195 SUMMER

樹葉飄落。

飄落。

像是自遙遠他方。
像是天空的樂園凋零。
樹葉不由自主地飄落。

而每晚，引力滿盈的地球。
從遙遠繁星的照耀，
飄落向寂靜的黑暗中。

我們皆將飄落。
這雙手亦然。
看看周遭。
萬物皆將落下。

然而，唯有一人，

那人要將這落下，
以充滿無盡溫柔的雙手，
接住。

R・M・里爾克〈秋〉AD-1902

這正是我永遠的朋友——
米利亞爾特——匹斯克拉福特——
這時代正處在寂寥的黑暗之中。
不由得讓人想說，這是個在人類悠久的歷史中，完全孤立於之前及之後的悲苦時代。

這可說就像是遭棄置在浩瀚無垠宇宙中的地球那般，或許也可以用無處可去的迷途孩子形容。

人類在上個世紀的後期前往宇宙發展。

這時人類才知道自己是孤獨的。就連距離最近的天體：月球，也跟地球有數十萬公里遠。

位在地球與月球的引力均衡點：拉格朗日點的人工居住空間——宇宙殖民地成了人類的新世界。他們以新世界象徵的「AC曆（後殖民紀元）」稱呼創造了新時代，並走過將近兩百年的歲月。雖然如此，人類仍未脫離黑暗時代。

這個時代的極少數支配者，為了近乎無意義的權力鬥爭，以及巧立大義名目來維持秩序，而在地球圈各地頻頻引發戰爭，使得大多數民眾陷入貧困、飢餓及流血的窘境。

此外，羽翼未豐就貿然地飛向宇宙，可想見也是直到目前都仍一直在黑暗中摸索的原因。

不，從相反角度來看，過於靠近完全排拒生命的絕對空間：宇宙，或許正可看作是煎熬著這不成熟孤獨感的重要心理因素也說不定。

無論如何，最後人類在這將近百年的期間，完全毫無自覺地戰爭著，也因此混淆了當初上宇宙的理想，使得時代就此駐足不前。

接著，駐足不前逐漸變成緩慢地衰退。

之所以能夠擋住這股衰退趨勢，正是因為有戰爭啊——若是那時代的支配者，或許還會這麼大言不慚地表示。

人們的眼睛，無止無盡地流下了悲痛的淚水。

他們也許已經放棄了吧。

戰爭與對立永無止境。沒錯，看看至今的歷史就可以清楚地知道。

就是因為拋棄了那一丁點「渴望和平」的想法，才勉強維持住心理平衡——接下來的世間局勢發展，就像是要讓人們這麼講似的，不斷持續著慣性的紛爭，也因此引發了慢性疲憊。或許就是這樣將「非日常」變成了「日常」。

太陽永遠在他們的頭上燦爛地發光，但他們就像是忘了太陽似的，不願面對那耀眼的光輝，縮在小小地球圈的殼中。

這世界不正需要改革嗎？

必須有人為這灰暗的時代帶來一絲光明，指引他們前進的道路。

即使這道光會是多麼地渺小，手上會沾上多少鮮血，也必須牽起啼哭、疲倦，流離失所的迷途孩子，引導他們走向正確的道路。

然而，這絕不能是「勝利者」的手。

勝利帶來的支配將會引起權力鬥爭，而重蹈戰爭的歷史。

改變歷史的——

必須是「失敗者」。

sommer TK

寫有德文的「夏天」，並且簽上讓人聯想起特列斯．克修里納達（Treize Khushrenada）字首的「ＴＫ」，而且特別執著在「失敗者」這個詞上，正是令人認為可能是特列斯本人所寫的根據。

但是米利亞爾特與特列斯在這個時期尚無關聯（一般認為他們最初的關聯是從EVE WARS時期開始）。就算他們是同時代的人，就歷史的角度分析，或許應該當作別人來看待。

第二份檔案其實也很令人費解。

這份檔案並非採用文字，而是以影片記錄的方式保存。

在AC195年九月的新學期，有位名字叫作「迪歐．麥斯威爾」的少年轉學到L-4殖民地群R09935州立高級文科中學，並以殖民地與地球的關係當作作文主題（看過之後，倒不如說像是論文）。而影片就是錄下了他當時朗讀此文章的過程。

攝影機的設置地點是在教室的最後面，所以自然沒有清楚地拍到臉部。但如果這真的就是那位「迪歐」，那將是現今我們唯一能目睹的鋼彈駕駛員本尊。

據流傳的謠言，聽說當時他們幾乎都還是少年，為了完成祕密任務而經常潛入校園等地方，並時而轉學。

可是要是事實真的如此，對於他用「迪歐」這個名字就令人覺得有點不合常理了。因為如果要暗地行動的話，一般應該會使用假名。

檔案的內容如下——

AC-195 AUTUMN

『在太陽系中，奇蹟般地孕育出生物的行星，就是地球。

後殖民地１９５年，人類藉著在殖民地開發工程中累積的豐富資源及技術力，得到了新的天地。

但是終究不過是模擬萬物之母的大地：地球的空間罷了。

建造殖民地的意義是什麼呢？

我聽說主要目的是為了開發出豐富地球人類生活的技術。

人類對這模擬空間過分抱有要求了吧？

人類在殖民地維持生命不受自然威脅，穩定感更勝地球。

日新月異的發展就像是保證了人類永續生存一般，甚至一度有過在宇宙中是容許從零開始的樂天時代。

可是，我很難相信殖民地……不，人類能夠忘掉地球。

開發殖民地的技術為地球有帶來什麼嗎……地球最需要的技術，就是軍事力。

破壞是人類無法割捨的精神。

目前，殖民地漸漸有了軍事的氣息。

因為人類無法忘掉地球。

美麗的地球是偉大的。

擁有人類如此龐大力量的動物，甚至發展出管理行星的想法。

就行星來說，生物的生存不過是一眨眼的時間。

人類會想到的，終究只有自己而已……

其實什麼都沒有改變。

人類登上宇宙的這些歲月，毫無意義。

在現實的面前，理想不過是場夢。

虛幻的生活空間。

虛幻的和平主義。

宇宙不過是誕生更多戰爭的溫床。

戰爭將奪走許許多多的生命。

雖然人類不會忘了戰爭的悲苦，但也絕不會停止戰爭。

流下的血或淚，不過是儀式上的裝飾。

任何時代的分水嶺，都有著必須提到戰爭的歷史。

為了和平而戰——這等陳腐的場面話，是過去不斷有人提出的謊言。

他們說殖民地是為了和平而擁有軍備。

這跟地球沒有兩樣。

他們就是想要和地球一樣。

眾多人流下的血，像是讓他們更興奮似的——』

這名自稱「迪歐」的少年在唸到這裡時就遭到老師制止，並被命令回到最後的位置上入坐。

攝影機雖然有拍到這名少年手拿的報告書，但仔細看的話，會發覺紙上並沒有寫任何像是文章的內容。

是完完全全的白紙。

他或許不過是把當下想到的事，裝成唸書似的唸出來而已。

果真如此，那可想而知這樣的想法是在批評當時的局勢。然而這名稚氣未脫的少年居然有著如此開闊的視野，不由得令人驚嘆。

並且，因為風吹而得以稍稍窺見到的最後一頁上，還可以發現數行寫有像是結論的字句。

暫停畫面查看後，確認到上面寫有如下內容：

『——那麼，人類是為何戰爭呢？

或許是戰爭帶給他們存在的意義。
投入戰爭的人類會感受到充實感。
且不可否認的，投入戰爭的人，還會給人崇高的印象──』

就我自己的猜測，我認為這名少年並不是「迪歐．麥斯威爾」。可想而知，應該是其他鋼彈的駕駛員吧。可惜既然沒有供以佐證的資料，也就無法確定這點了。只是不知為何，這樣的想法就是在我心中揮之不去。

下載最後一份檔案的時候，我忽然發現到，我熟識存入這份檔案的人。
檔案記錄人：「莎莉．鮑」。
是我母親的名字。
在AC196年時，母親一樣隸屬於地球圈統一國家的「預防者」。雖然不清楚當時任務的詳細內容，但就保存其中的語音判斷，可能是在那著名的莉莉娜．德利安任職外務次長時擔任其護衛。

不管是母親的臉孔還是聲音都沒有保存在這份檔案中。而且也不知道莉莉娜．德利安會談的對象是誰。

會是分量不小的重要人物嗎？還是內容過於機密呢？影片因為是在沙塵暴（Sand Storm）的狀態下拍攝，只聽得到聲音。

檔案的記錄地點在哪裡並不清楚，且跟其他檔案一樣，也無從得知確切的日期時間。不過是還勉強判斷得出，有位年紀相當大的老人似乎在跟莉莉娜．德利安進行對話。

而在這份檔案中，莉莉娜和老人所說的名字「希洛．唯」曾是鋼彈駕駛員之一。這雖然是極機密的情報，卻是我們預防者成員人人皆知的事。

一位少年，身負著與從前那位傳說的殖民地領袖相同名字的代號。

這份檔案所說的正是關鍵部分。

有件事要先補充，AC196年春季時，要說是殖民地方與地球方正處於和平狀態也不為過，正是瑪莉梅亞舉兵起事前八個月的時候。

語音從老人的聲音開始——

AC-196 SPRING

「人類的內心有著兩種大病。一種是跨越世代傳承下來，必須報仇的衝動；而另一種則是在面對人時，不會就個人去看待，而會想要整個囊括起來貼上標籤的心態啊。」

「…………」

「沒錯，你們的理想是暫時成功地斬斷了跨越不知多少世紀的仇恨鏈結，但這個基於理想而成立，提倡和平主義的集團……不能有任何不一致的意見。」

「…………」

「而這結果導致了什麼事情，我想妳也很清楚……」

「…………」

「妳想問的是那小子的事吧……」

「……是的……」

然後便傳來老人像是在笑的呼吸聲。

「他是頂尖的人才啊。超乎想像……不管是什麼樣的困難，他都不會放棄。」

「…………」

「他的名字……對，那是我想的名字呀。」

「希洛．唯是嗎……」

「嗯……就虛張聲勢而言，不覺得這是個好名字嗎？」

「是您給希洛……給他新任務的。這資訊是正確的嗎？」

「這道問題，請妳先回答我的問題再說可以嗎……」

「……嗯。」

「光是拋棄武器、撤除士兵，就真的可以實現完全和平的理想嗎？」

「只要人們心中的鬥爭概念一天不消，就不可能有什麼真正的和平吧……」

「究竟人類是否已經成長到了這般境界呢？」

「還沒有，而以後也很難吧。」

可以聽見莉莉娜發出長長的嘆息。

「然而人類必須全力面對的，從來就不是相對立的敵人，而是擋在前方的困難。」

「所以才會策劃火星改造計畫嗎……」

「您儘管笑沒關係，但我是真心這麼想的。」

老人發出擺動身子的聲音。

看來是真的在笑。

「好吧……」

這時傳來嘰的一聲，將木製椅子換個方向的聲音。

「目前希洛正在執行的任務，是要去破壞眼看就快完成的地球攻擊用殖民地型光束砲……在你們所建立的和平背後，永遠都需要這一名叫作『希洛·唯』的制止力啊。」

「…………」

「不管什麼時代，什麼地方，這都是——」

這份檔案在預防者內部仍是屬於最高機密，要不是有分局長的張老師允許，我是不可能過目的吧。

當時並沒有留下開發了地球攻擊用殖民地型光束砲的紀錄。

可見應該是代號叫作「希洛．唯」的鋼彈駕駛員完成了該兵器的爆破任務。以任務內容而言，跟目前預防者在做的事幾乎一模一樣。雖然我並不明白母親為什麼沒有負責這項任務，但也許是因為組織才剛創立，還處在尚未實際運作的階段吧。

檔案除了語音外，還附加了別的資料。

「人工冬眠用冷凍艙」的設計圖及其操作手冊。

設計圖上的簽名僅有「J」而已，無從得知是誰設計的。我猜想，說不定那個與莉莉娜．德利安談話的老人就是此圖的設計者。

這三份檔案中，或許就只有這份跟桃樂絲總統的命令檔案較有關係。

可是不管怎麼說，我都不覺得這樣老舊的資料會是發動本次行動的要件。

「凱西准校，讓妳久等了。」

希柯特利上尉放慢長距離高速氣墊艇「VOYAGE」的速度後，如此說道。

「預防者火星分局，北極冠基地到了。總算在預定時間內到達。」

堺艇長語氣溫和地說。

「這真是幫了大忙，謝謝你了。」

窗外的皚皚風暴已經停止。

陰暗的天空中，火星的第二衛星「得摩斯」正在七彩極光的彼方綻放光芒，就像是冰結的淚滴一般。

我立刻從船塢趕往基地內。

這座基地只有張老師一個人駐守。解開了嚴格把關的重重保全，並接受DNA掃描後，我快步跑向預防者火星分局長室。

這顆行星的引力僅有地球及殖民地的三分之一而已，跨出去的步伐超乎想像地大，可以跑得無比輕鬆。

一打開最後一扇門，就看到穿了深藍色立領唐裝的張老師坐鎮其中。

「辛苦了……」

「張老師，『神話作戰』已經獲得許可，要請您喚醒『睡美人』。」

「林中睡美人」目前正沉睡在人工冬眠用的冷凍艙中。

這時候，背後傳來一道聲音：

「妳真的很像妳母親呢。」

我嚇得趕緊回過頭。

站在我背後的，是穿著黑色神父裝的四十歲左右男子，以及一名將長髮綁成辮子的少年。

發話的是神父。

我一回頭就立刻拔出槍來。

「你們是誰？」

在這緊急的瞬間，將準星對準對方。

單。

剛剛完全沒感覺到動靜。

而對方雖然被用槍指著也完全不為所動。光是這樣，就能知道這兩個人不簡

「妳就是莎莉的女兒吧？」

口中這麼說著，神父跟少年便從我的面前走到張老師身前。

少年一臉不悅的表情看著我，顯然他不喜歡被拿槍指著。

「妳要指到什麼時候啊？」

其眼神散發出高傲無畏的光采。

——想死嗎？

雖然不敢相信，但聽起來對方似乎是淡淡地這麼說。

「我是麥斯威爾神父。」

相對的，神父始終一抹微笑，露出和善的笑容。

「我就是會逃也會躲，就是不會騙人的麥斯威爾神父……這個眼神不善的小鬼是我的兒子迪歐。」

少年「哼」的對我嗤了一聲，一副完全不想打招呼的模樣。

張老師仍一語不發，做了個把槍放下的手勢。

我只得心不甘情不願地照著做。

少年立刻脫口說出令人動怒的話：

「很好，也許可以稍微活久一點。」

意會到這臭屁少年的名字叫「迪歐．麥斯威爾」時，我以為是故意在開玩笑。

難道是對那個「鋼彈駕駛員」的名字情有獨鍾而命名嗎？

「話說回來，妳有拿那三份檔案過來吧？」

神父開口向我確認。

「要喚醒『睡美人』，可需要那三首前奏曲啊。」

贖罪的旋舞曲

特列斯檔案1

自然現象的極光，並不是只有地球才有，幾乎所有太陽系的行星都看得到。

目前火星北極冠的暴風已經停歇，天空滿是星斗。在當初大氣層尚薄的時候，應該是幾乎看不到星星的，但在行星改造計畫之後，大氣層變得接近地球，因此看得到類似的星光。

這個現象會在完全無風的狀態下突然出現。白色的簾幕會在眼前從天而降。就像是天使或神所穿斗篷的裙襬般剔透輕柔的光帶，每次一飄然搖曳，就會綻放出藍、紫、綠，時而泛紅等各種光輝；這就叫作極光。

要我打個比方形容的話，雖然說我知道這樣的形容會很老套，但最出色的光帶就像是在跳著優雅而莊嚴的旋舞曲一般。

令人讚嘆的是，在極光的背後還看得到星光，而眼前的極光會飄然搖曳地往數萬公里外的遙遠東方移動，慢慢轉成深綠色的黑帶。

彷彿是通往天國的階梯收了起來。

但是，隨後又會有新的光帶在眼前降臨。

看著這過程循環，不由得從中感受到大自然的美妙及宇宙的神祕等感觸。

如果火星都這麼美的話，那在地球極冠的大地看到的極光，想必更是美麗吧。

將森林中沉睡的美女喚作「睡美人」，或許會有人不贊同。

原始童話故事中的公主，本來是沒有名字的。雖然也有人稱作塔利雅公主，但是柴可夫斯基作曲中最有名的古典芭蕾舞劇成了本次行動「神話作戰」的命名依據，想到這點的話，叫作「睡美人」也算是理所當然吧。

要喚醒「睡美人」，可需要那三首前奏曲啊——雖然神父這樣說，但柴可夫斯基的芭蕾舞劇，其序章的樂曲是以四部組成，令人當下就想回嘴說：「應該還少一曲吧。」

不過他們可能也沒有這麼講究，所以我就問了核心部分的疑惑。

「也就是說……」

我明顯露出不滿的神情，對著神父及張老師開口：

「這些舊資料檔案就像是密碼或什麼的，會在打開冷凍艙時用到嗎？」

「正是如此。」

張老師沒有對著我，而是對著我手上拿的，存放著已經轉檔過的檔案的晶片說

──我怎麼看都是這種感覺。

因為當我一拿出晶片，張老師就搶了過去，並立刻掃描確認內容。

張老師打開了其他程式，在眼前顯示全像投影幕，輸入密碼。

密碼就是檔案的年代及記在其中的季節。

「這樣就可以啟動冷凍艙的解凍系統程式。」

最後我忍不住，脫口丟出不知該算是剛才想到的疑惑，還是找碴的問題：

「可是，前奏曲不是應該有四曲嗎？」

「第四曲由他拿來了。」

張老師載入晶片資料，向神父那邊瞥了一眼。

「我的前奏曲，可是足以匹敵交響曲的大作呢。」

叫作麥斯威爾的神父神祕兮兮的，似乎喜歡說些誇張的話。

「問題在於從冷凍艙喚醒時，『睡美人』的狀態啊。」

神父像是為我著想似的這樣說著。如果不管他那神祕兮兮的態度，或許是個好人也說不定。

「就至今的人工冬眠甦醒案例而言，腦的海馬體會有80%的機率發生神經元分泌異常現象。也就是說，腦部儲存的記憶有可能會遺失。」

「所以才要將以前AC時代的紀錄……」

「正是如此。」

「喂，臭老爸。」

名叫迪歐的少年這時插話進來。

「別說些廢話了，我的搭檔在哪裡啊？」

「這要問T醫師跟W教授。」

這兩個人的名字我之前也有聽過。

「這講的莫非是『白雪公主』跟『魔法師』？」

「當然啊！難道還有其他意思嗎？」

「這小孩居然要當駕駛員？」

「嗯，是吧……我帶他練出的技術，已經跟『睡美人』差不多了。」

所以才以鋼彈駕駛員迪歐．麥斯威爾的名字命名嗎……

我稍微能理解了。

不過，一想到還是個孩子，老實說我還是很難相信。

「差不多？別說笑了，我強多了！真是個什麼都不懂的臭老爸。」

「他講話這麼難聽，是我教得不好……因為自從他媽媽去世後，就都是由我一個男人帶大的。」

「選錯人。」

張老師看著眼前的全像投影幕，淡淡說：

「不管是這個『睡美人』，還是你的兒子。」

「就算是，也不能就這樣擺著吧？」

「…………」

張老師沉默不語。

「神父，你也是預防者的人嗎？」

「不是不是，我才不像張老師那麼閒呢。」

神父露出詭異的開心笑容。

「呃，算是老朋友吧。」

「我可從來沒有把你當作是朋友。」

「喂喂，我們不是有曾經在月面基地生死與共的交情嗎？」

「哼，那個時候要是你死了的話，我想現在的氣氛會變得更正常一些吧。」

「還真會說啊，真的是。」

我第一次看到張老師說這麼多話。看來這個神父就算不能稱作朋友，可能也算是個損友。

「三份檔案都下載完了……只剩下你帶來的檔案。」

「拿去……」

神父將晶片丟了過去。

張老師便將晶片裝載到電腦上，開始讀取資料。

「你要叫我下載這麼大的資料量嗎？」

「已經是最低需求了。」

我跟迪歐一沒有插話，兩人就開始一直對話下去。雖說我沒打算要一直當個問蠢問題的人，但因為身負執行此行動的任務，還是不得不開口提問：

「雖然想也知道，但這檔案應該是之前ＡＣ時代的東西吧？」

「沒錯。」

「ＡＣ130年是最舊的紀錄吧？」

「要將這麼舊的紀錄下載到『睡美人』的記憶中嗎？」

「要是直接喚醒『睡美人』的話，肉體上雖然不會造成什麼變化，但精神上有可能會跟剛出生的嬰兒一樣。」

「有確認過內容嗎？」

「妳想要檢查嗎？」

「卡塔羅尼亞總統有授權給我。」

「哼，那個桃樂絲現在可神氣了……雖然我沒見過就是了。」

總統再怎麼樣也算是地球圈的代表，用這樣隨便的口氣稱呼她，證明對方確實不屬於預防者的成員。

「那傢伙是個優秀的人……如果地球圈總統是莉莉娜的話，大概就不會發動這次的『神話作戰』了吧。」

當然也不是沒有身為預防者，卻把自己的直屬上司稱作「那傢伙」的例外。

「無論如何，跟那三份檔案一樣，請讓我仔細看過神父帶來的這件檔案。」

「會花相當多的時間喔。」

「咦？」

「因為與其說讀，倒不如說體驗還比較正確。」

神父用手轉動著太陽眼鏡說道。

我一開始不明白他的意思，但當我發覺到那副眼鏡是最新的虛擬眼鏡之後就立刻懂了。

也就是說，這份檔案是以立體影像記錄而成，其中的虛擬空間將會直接傳送到腦部，當作「見習者」及「旁觀者」來體驗內容。

「『睡美人』有著高尚的精神，這點光用這種檔案可以重新建構嗎？」

張老師看來仍然還在猶豫。

「是個危險的賭注……可不一定會照著我們的意思發展。」

「可能會像以前的我一樣，投靠到敵人那邊嗎？」

「沒辦法否定有這種可能性啊。」

「這傢伙會變成『睡美人』也是陰錯陽差……反正本來就是危險的賭注，既然做了，就不要後悔吧。」

神父輕輕眨了一下眼。

「而且我調查這個，可是花了很多工夫呢……」

「無聊……你這種個性居然也敢當神父。」

「你這個不像樣的預防者也沒資格講我啊。」

我複製了麥斯威爾神父帶來的晶片資料，並開始確認其中的檔案。

顯示在全像投影幕上的資料，列出了年代及人名，並分成了幾個章節。

「神父，這是……？」

「可以說是史書，也可以說是評鑑。總之我就是將之前發生的所有事情用『ZERO』這個特殊程式運算處理，放到這個晶片內。」

「為什麼是從AC130年開始呢？」

「要從人類有史以來也是可以，但這樣做的話，『睡美人』就會變成像是全能什麼之類的。何況，最近發生的事情又沒什麼屁用。要建構這傢伙的人格，必要的是AC曆，而不是火星曆啊……」

我突然想到什麼，往迪歐那邊看了一下。

不知道是不是我們的對話太過無聊，他臥在後面的沙發上背對著我們，長長的辮子就這麼順著垂到地板上。

不知為何，神父用某種感慨的神情看著迪歐，然後繼續說下去：

「而且不能是像教科書上刊載的官方說法，是要我們自幼所知道，隱藏在背後

的歷史，那才有意義。」

「就算是由『ZERO』所運算出來，也不能肯定沒有你個人的主觀判斷在裡面吧。」

「當然不能肯定，但至少我覺得盡量做得公平了。」

「我就是在說『覺得』很危險啊。」

「我這可是謙虛耶……你好歹是個東方人，不懂這道理嗎？」

這兩個人的交談過程就像是小孩子在吵架一樣，真是令人意外。

我開始將注意力集中在檔案上。

一開始的項目，記載的是特列斯·克修里納達的事。如果只是些簡單的內容，那用全像投影幕閱讀應該沒太大問題。

可是這跟我聽到過的特列斯形象完全不同。

例如，在我們預防者的紀錄中，關於特列斯·克修里納達這個人物的記載如下：

『特列斯‧克修里納達（AC171∫195）——羅姆斐拉財團的幹部，也是統領地下組織「OZ」的年輕總帥。

其祖父是羅姆斐拉財團的總裁，一出生就是菁英分子，並以超凡的領袖氣質及卓越的政治手腕吸引了為數龐大的支持者及信奉者。

特列斯的所有行動背後都有著獨特的哲學及美學。受到蕾蒂‧安及自稱特列斯派的部下無比信任。

而他也對戰爭抱有深刻的罪惡意識，並因此記下了此次戰爭犧牲者的人數，以及所有人的姓名。

他在OZ對聯合國發動政變後，即公然主張與羅姆斐拉財團不同的方針，因而一度失勢，成為反叛者而遭到軟禁。在迪爾麥優公爵死後，他又重新坐回OZ總帥的位置。

此後，從世界統一國家的女王莉莉娜手中獲得元首地位，並開始與成為殖民地革命組織白色獠牙代表的米利亞爾特．匹斯克拉福特展開全面戰爭。

在這場名為ＥＶＥ　ＷＡＲＳ的戰爭中，他以決鬥的形式向巨大戰艦天秤座發起挑戰，但米利亞爾特不接受挑戰，反而發射主砲。

結果，人類史上最大規模的ＭＳ宇宙戰就在特列斯的號令下展開。

戰事後來陷入混戰狀態，最後與特列斯交手的是鋼彈05駕駛員，而在雙方激戰之下，特列斯兵敗身亡。

——得年二十四歲。』

這樣的記述實際上應該沒有任何問題，但就神父帶來的這件檔案看來，並不像是稀世英雄「特列斯・克修里納達」的故事。

特列斯確實是個充滿謎團的人物。

他為什麼會執著於失敗者呢？

是從什麼時候開始記錄死者的名字，並計算其人數呢？

在他的思想及哲學根底所流露出的，帶著悲愴意識的厭世觀，又是何時產生的呢？這類的疑惑都保存在這件檔案中。

我向神父借了虛擬眼鏡，接上電腦。

一戴上虛擬眼鏡，眼前就浮現一段「ＺＥＲＯ」字樣的訊息。經過運算處理的過去歷史也直接傳送到了腦內。

時間是ＡＣ１７０年。

從特列斯出生前一年開始——

AC-170 WINTER

極光下，有一對情侶——

艾因與安潔莉娜。

在北美大陸的最北部有座地方城鎮，名為黃刀鎮。兩人就站在黃刀鎮郊外的大片雪地上，眺望著從天而降的夢幻極光，並驚嘆其美麗。

絢爛壯麗的光帶閃耀著七彩光輝，不斷地飄動。

後來聽到當地人表示，這樣的情景在當地也是很少見的。

要說這是由太陽風與地球磁場相互作用下，偶然間引起的美麗極致表現也不為過。

「從宇宙看下去的地球很美……我以為那就是最美的了。」

艾因睜大眼睛，自言自語般說著。

「可是來到地球後，站在大地實際看到這樣的景色，就覺得這個世界居然充滿如此精采，如此美妙的事物啊！」

「艾因……」

「地球好美……這樣美麗，可是……」

艾因的心中感到憂悶。

安潔莉娜也察覺到他心中的感受。

「…………」

雖然有察覺到，卻找不出什麼可以用來安慰他的話。

地球如此美麗，配不上如此美景的戰爭卻毫無止境地持續著。

並且還將那無意義的戰爭帶上了極光背後的遼闊宇宙。

艾因撇開心中的憂鬱，展顏而笑。

他以直率的喜悅面對眼前的美麗景色。

「不過妳的美更勝極光，是宇宙之最。」

他臉不紅氣不喘地這樣講。安潔莉娜聽了，害羞地低下頭。

「討厭啦……」

艾因伸手托著安潔莉娜的下巴，將臉迎向自己。

「別看我，看看極光。」

「咦？」

「我想看映照在妳眼眸中的極光……那一定是全宇宙所見，最美的景色了。」

雙方看著彼此，深情地接吻。

艾因・唯，於AC150年出生在宇宙殖民地，是殖民地問題協議機關代表希洛・唯的外甥。

他受希洛信任，年僅二十歲就擔任殖民地方與地球方的斡旋工作。這次的地球訪問行程，就是為了與以醫療著名的國家：山克王國，以及羅姆斐拉財團的北美分部展開和平交涉。

安潔莉娜・克修里納達是羅姆斐拉財團代表：桑肯特・克修里納達公爵的獨生

女，生於AC152年。

她從小就受到父親寵愛，生活無憂無慮。這次也只是陪著父親來到北美參加殖民地方與地球方的協商儀式及宴會而已。只是她從未料想過，這將大大改變他們的……不，地球圈所有人類的命運。

艾因與安潔莉娜，這兩人是在宴會中相識，可說是一見鍾情而墜入情網。

而在數次密會後，終於成功地溜到這個北極圈。

這時兩人心中是否有結婚的打算還不清楚，但想必這次開溜去看極光，堅定了安潔莉娜內心的想法。

「我沒什麼遺憾了。」

「你還是要走嗎？」

「嗯……」

「我愛你啊，艾因。」

「我也是，安潔莉娜……可是，我有必須完成的工作。」

「那麼，我也要上宇宙。」

艾因輕輕地搖了搖頭。

克修里納達家的千金上宇宙，這等荒唐之事不可能會得到允許的。

那麼，艾因可以告別希洛・唯，留在地球嗎？

這大概也不可能。

對於年紀尚輕的他們來說，這兩種都是難以實現的選擇。

然而雙方都在為此苦思，拚命思索有沒有解決的方法。

這兩人就是如此真心地戀愛，雙方都愛著彼此。

最後，艾因留下安潔莉娜，前往了宇宙。

當人一度迷上極致美麗的事物後，就可能會對於在骯髒的人類社會生活產生抗拒反應，甚至可能會採取相當瘋狂的行動。

安潔莉娜獨自飛往宇宙，是在看過那美麗極光的一個月之後。

艾因當時正在L-2殖民地群的V08744遊說反聯合國的反抗組織。

他努力遊說，期望至少可以避免武裝抗爭。

在這個時代，V08744殖民地是行動最激烈的反聯合國派。自從AC87年殖民地建成以來，各式各樣的人種相繼移入，動亂頻發。受到長期貧困生活的支配，使得不滿及憤恨的情緒在殖民地內沸騰。

然後，憤怒的砲口就轉向了地球圈統一聯合國。

艾因的遊說工作以成功作收。他們理解了希洛・唯所說的理想：「建立地球與殖民地的對等關係」。

殖民地的傳說領袖希洛・唯正因為其優秀的政治手腕，而在歷史留下了名字。但從另一個面向觀察，相信也應該要歸功於他的外甥——艾因・唯在背後努力維繫各殖民地等的貢獻。

在遊說完反抗組織之後，安潔莉娜突然出現在艾因的面前。

「艾因！」

安潔莉娜猛地抱住心愛的男人，吻下闊別一個月的吻。

艾因心中閃過了擔心旁人目光的想法，但最後仍抱住了這個不顧一切，無視危險而特地來找自己的至愛。

「安潔莉娜！」

接著兩人就在V08744殖民地上，一間叫作麥斯威爾的小教堂結為連理。

就在AC170年的十二月底（有一說是耶誕節），命中註定的這對愛侶就在宇宙成了人人稱羨的夫婦。

當時出席的來賓中，還包含以舅舅身分出席的希洛．唯，他也發表了簡單的祝辭：

「這對佳偶的前途充滿了祝福。我們殖民地人並不是為了戰爭而到宇宙築巢，我希望大家能懷著這個宇宙是為了愛人，為了相愛而存在的想法而生活。」

值得紀念兩人的這間名叫麥斯威爾的小教堂，現在甚至已經無影無蹤。

十八年後的ＡＣ１８８年，發生了殖民地居民的反聯合國政變，教堂跟著兩百四十多個生命一同焚燒殆盡。

世稱「麥斯威爾教會的慘劇」。

如果這時希洛或艾因還活著，且在當下的話，或許不會發生這場慘劇。只是在談論歷史時，假設法之類的也只是空談罷了。

總而言之，艾因與安潔莉娜就此展開了在宇宙殖民地的新婚生活。

據說他們過得幸福且美滿。

艾因擔任希洛．唯的左右手，比之前更賣力於加強各殖民地的合作關係，因此無法長期停留在同一個地方。他們過著輾轉於旅社，而且還是最廉價旅社的生活。

希洛．唯在殖民地的政治遊說活動，僅以純真及誠實為底子，所以與援助金或是政治獻金、名門財產之類的完全無緣。

並且敵視殖民地的聯合國宇宙軍認為，策劃宇宙統一的希洛．唯是危險人物，處在不知道何時會使出暗殺這種非常手段的情勢。

艾因也因為其立場，被迫以相當保密的方式進行政治活動。

曾經是大財閥克修里納達家千金的安潔莉娜，不可能不對這種流浪生活毫無怨言。然而對此她總是表示，只要能跟艾因在一起就很幸福了。

後來，安潔莉娜在AC171年夏天，在L-3殖民地與希洛・唯重逢——

AC-171 SUMMER

「好久沒見到您了，希洛舅舅。」

安潔莉娜這時已懷有艾因的孩子。

「喔~安潔莉娜……妳真是越來越漂亮了。」

「您過獎了……我都已經懷了六個月身孕的大肚子，就別客套了。」

希洛・唯捻著他個人特徵所在的英挺眉毛，笑著繼續說：

「話說回來，安潔莉娜，要平安生下這孩子的話，地球會比宇宙要好喔。」

聽到這番話的安潔莉娜吃了一驚。連希洛・唯這樣思想前衛的人，居然都還相信在宇宙生產會比較危險，這種流傳近百年的迷信。

「請您放心，這個問題已經由山克王國的醫療團隊解決了。現在於宇宙生產，已經不會再發生子宮異常的情況。」

目前還在鼓勵用DNA改造的試管生育，差不多就只剩下L-4殖民地的溫拿家。

「這我知道。我在意的是這孩子的外祖父，桑肯特・克修里納達公爵。」

「我父親怎麼了？」

「聽說他自從妳來到這邊後就變得相當失落。而他聽到妳跟艾因即將生下孩子的消息後，也十分為妳擔心。」

最近有消息顯示，受到克修里納達家僱用的人，企圖將安潔莉娜帶回地球。

桑肯特・克修里納達還抱著上個世代的想法。他會過度害怕上述在宇宙生產會很危險的迷信說法，也沒什麼奇怪的。

因為地球上有很多地方都對於在宇宙生孩子，母子都會死亡的說法深信不疑；可是這是有人刻意散布的謠言。真正理由是想要藉此阻止越來越多優秀人才離開地球，而使地球衰退。

「如果妳願意的話，我就幫忙聯絡羅姆斐拉財團……」

「舅舅，這件事請恕我鄭重拒絕。」

安潔莉娜堅定地說：

「因為我們的孩子跟克修里納達家沒有任何關係。」

「可是安潔莉娜……」

希洛．唯是顧慮到安潔莉娜的身分才說那番話。但對於活在愛情中的安潔莉娜來說，這份擔心顯然是多餘的。

「請舅舅別為我們兩人的事擔憂……我們會順利的。」

安潔莉娜反而詢問了她本身一直關心的事：

「舅舅才是不打算結婚嗎？擔起地球與殖民地未來的人，我覺得應該要是舅舅的後代才是。」

「如果有人願意繼承我的意志，那不管是誰都可以。希洛．唯這個小人物的名字，就算從歷史上消失不見也沒什麼關係。」

「可是這樣一來……」

這時候，希洛．唯說出彷彿是預見未來般的話：

「要是我發生了什麼事，有艾因接替我就行了。還有……」

他輕輕摸著安潔莉娜的肚子，露出無比溫柔的笑容。

「要是這孩子也能接替就好了。」

「嗯。」

以上就是希洛．唯與安潔莉娜最後的談話內容。

艾因這時正在這個殖民地，計劃將和聯合國宇宙軍的塞普提姆少校會談。

但最後，這場會談並沒有實現。

因為他收到了一通緊急聯絡。

「不得了了，艾因！」

是由負責安潔莉娜貼身護衛工作的保鑣傳來的。

聯絡中提到，安潔莉娜離開廉價旅社去買東西時，突然有數名男子圍上去，強迫她坐上預謀好的專車離開現場。

艾因並未責備這名保鑣的無能，反而後悔自己太過天真，應該要更加注意安潔莉娜是否會做出輕率的舉動才對。

「這些人……」

他馬上猜想到，對方應該是克修里納達家僱用的。

沒有其他可能了。

他沒想到對方居然會採用這麼粗暴的手段，甚至心中還大意地認為，可能已經接受兩人的婚姻了。

「我馬上過去！」

雖說如此，艾因心中卻還想不出什麼方法來。

殖民地的治安是由聯合國宇宙軍所包辦。就自己的立場而言，實在沒辦法拜託準備參加會談的塞普提姆少校協助尋找安潔莉娜。頂多只會讓人逮到誘拐監禁地球方要人至今的藉口而已。萬事休矣。

就在這猶豫不決的當下——

艾因的手機接到一封訊息。

訊息就一段話——

『再見了。』

『看到你兩難的立場，我想這樣或許是好事。』

僅此而已。

這應該是安潔莉娜趁著帶她離開的人不注意時，偷偷發出的訣別訊息。

這訊息的內容，太像凡事總以艾因為重的安潔莉娜寫的了。

「你們休想成功！」

艾因對克修里納達家的卑劣行徑感到忿恨，也自責於自己的消極和軟弱。

「我們不可能這樣簡單就被拆散！」

要是自己這時輕易放棄，就失去了這宇宙最美的女人。

艾因立刻聯絡認識的反抗組織成員：坎斯。

正如「行家瞧門道」這句話，坎斯馬上就查出克修里納達家所僱人員的行蹤。

「還來得及！」

艾因趕緊坐上車，直奔太空機場。

太空船會從聯合國軍共用的第十三號跑道起飛。

艾因到達太空機場後，整輛車直接衝破鐵絲網，擋在即將起飛的太空船前面。

「安潔莉娜！」

他用盡力氣大喊。

安潔莉娜從太空船的窗戶看到艾因的這般行動。

「艾因！」

雖然聽不到對方的聲音，但她忍不住也呼喚了艾因的名字。

淚水流個不停。

要是能走，她早就衝下去了。

但是——

她辦不到。

艾因的周遭已經圍起聯合國軍的士兵。

「艾因，你這舉動很糟糕呢。」

穿過包圍士兵現身的塞普提姆少校，舉槍如此說道。

「這裡是聯合國宇宙軍的管轄區，非相關人士請立刻離開。」

艾因並不理會眼前的塞普提姆，兀自往太空船走去。

「站住！」

塞普提姆的聲音在第十三號跑道上大聲響起。

「再不聽從指示，我們就要開槍了！」

即便如此，艾因仍不止步。

「這不是威脅。再有踰矩的行為，對你們來說沒有好處！」

塞普提姆年紀輕輕便就任宇宙軍殖民地的監察官，其性情血氣方剛，打算以強硬手段逼艾因放棄。

但艾因毫不退縮。

塞普提姆終於扣下了扳機。

子彈貫穿艾因的左肩。

「安潔莉娜！」

愛妻名字的呼喚聲取代了哀號。

塞普提姆接著開了第二槍。

這槍擦過艾因的右腿，刮去了一塊肉，令艾因難以再走下去。

「安潔莉娜！」

艾因痛苦地呼喊著。

雖然想再往前走，艾因卻失控地往左一跌，就這麼呈大字形倒在地上。

倒下的地上，剛好就大大漆著白色的「13」字樣。

「艾因！」

安潔莉娜眼睜睜看著巨大數字「13」染上鮮血，還有就算倒在地上，仍不斷呼喊自己名字的艾因。這般恐怖的景象深烙在她的心中。

「艾因．唯……我的愛。」

她的淚水結成了冰霜。

此時的她，內心堅定了可說是覺悟，抑或是決心的想法。

（我不會忘了這個情景……心愛的男人拋棄一切，呼喊著我的名字……）

「我愛你，艾因……」

「安……潔……莉娜！」

在意識朦朧的狀態下，艾因仍不斷喚著妻子的名字。

他那一意孤行的態度嚇到了塞普提姆。

同時也引起了殺意。

（不順從我命令的人，唯有死路一條。）

他將槍口指向艾因的頭部。

進。

但就在這時，跑道上勉強找到可加速空間的太空船發動了引擎，開始緩緩前

士兵於是靠往兩邊，讓出道路給太空船。塞普提姆留在原地堅持到最後一刻，最後仍因受不了太空船所排出的熱氣而離開。

數秒後，太空船飛離了太空機場。

艾因．唯以非法進入聯合國軍管轄區，和抗命行為而被拘留在治安維持局內。

（總有一天，我會跟安潔莉娜再見面。）

許下如此心願，過了幾週牢獄生活而被釋放的艾因，之後再度展開促進殖民地合作的政治活動。

艾因不再哭泣。

他的淚水也已經化為冰霜。

（我要打破地球與殖民地的藩籬，這樣才能再跟安潔莉娜相會。就算有實質上的真空及物理距離隔閡，也阻擋不了人與人的心靈交會。）

艾因心中如此強烈地決意。

然而兩人終究無法再見面。

不，還不僅如此，日後等著他們的，是更為殘酷的命運。

AC-171 AUTUMN

三個月後，安潔莉娜在地球歐洲的盧森堡平安生下男孩。

孩子命名為「特列斯」。

會取這意思是「13」的名字，極可能就是因為她沒有忘掉當時太空機場的第13號跑道上，染血的震撼景象吧。

對她而言，那天的景象並不忌諱，而是看到真愛的瞬間。

特列斯雖然才剛出生，眉毛卻有希洛．唯的感覺，而眼睛則像艾因。

安潔莉娜每次一看到特列斯的臉，心中就勾起對宇宙的思念。

戶籍紀錄上登記的名字是「特列斯・克修里納達」，且未登記父親的名字。

在特列斯還未懂事之前，安潔莉娜就和羅姆斐拉財團的要角，迪爾麥優・卡塔羅尼亞的兒子芬戴特，以入贅克修里納達家的形式結婚。

結婚典禮相當盛大。

雙方年紀相差二十歲以上，而芬戴特與安潔莉娜並不恩愛。

安潔莉娜並沒有強烈抗拒這種策略聯姻，而是保持淡然的態度去接受。

她的父親桑肯特公爵已經老了。

他認為先前安潔莉娜一連串的脫序行為只是年輕時期的莽撞，這次的婚姻已經讓安潔莉娜穩定下來。如果繼承家業的特列斯能夠平安長大的話，那麼克修里納達家就肯定一帆風順了。

或許是這份安心感加速了桑肯特的去世。

隔年的AC172年年初，羅姆斐拉財團代表桑肯特・克修里納達公爵靜靜離開了人世。

他將財團的未來及克修里納達家的安泰全都寄託在才剛出生的特列斯而辭世。

在繼承人特列斯長大的期間內，就由迪爾麥優．卡塔羅尼亞代理財團代表。然而迪爾麥優並不具備桑肯特公爵那樣的領導力及領袖魅力，於是羅姆斐拉財團暫時度過了幾年沒有凝聚力的日子。

這時候的安潔莉娜難道已經看破一切了嗎？並非如此。

她心中深處還想著要在背後支持希洛及艾因的理想：殖民地獨立與宇宙和平。

她認為這必須要有穩定的基礎。

這場策略聯姻也是為了如此目標的手段。總有一天，她會讓兒子特列斯繼承艾因的意志。

她覺得這是為了償贖自己過去犯下輕率行動的罪。

就在這時，希洛．唯在宇宙發表了「殖民地完全統一宣言」。住在宇宙的居民從此開始有了地球與殖民地為對等立場的想法。

當安潔莉娜聽到這事情後，也感到歡心鼓舞。她高興的是這件事使得實現理想的路程又往前跨了一步。

但是地球方更加狡詐，他們認為這樣就更好壓榨殖民地了。

證據是聯合國擴建宇宙軍的基地，也大幅增加維持軍隊營運費用的比例。

並且地球方也主導了殖民地的輸出關稅提高案，還讓殖民地方簽下了一條條不利的條約。

雖然殖民地居民怨聲載道，卻無力抵抗地球方擁有的軍事力。沒有「實力」的外交，可比「畫大餅」還要糟糕。

安潔莉娜這樣告訴還年幼的特列斯：

「這個世界會變成這樣，是因為外公跟我和你父親的關係不和。」

「要改革，就必須統合宇宙方的意見跟地球方的想法。」

「這件事只有你才辦得到。」

「你必須把這當作你應該完成的使命。」

看到這情境的芬戴特並不特別在意，只會溫柔地一笑。

是他並未當真嗎？還是尊重安潔莉娜的想法呢？沒人知道。

但可以肯定的是，這時的芬戴特深愛著年輕又貌美的安潔莉娜。

他以寬容的心對待，即使愛妻的視線不在自己身上也絲毫不在意。

而他對待其前夫的孩子特列斯，也像是對待自己的孩子一樣疼愛。

他的貴族朋友之中，也曾背地裡說他是個爛好人，個性遲鈍，芬戴特也沒放在心上。

而其原因，在兩人的兒子出生時揭曉——

AC-173 SPRING

安潔莉娜與芬戴特也生了一個兒子。

孩子的名字叫作凡恩．克修里納達。

跟特列斯相差兩歲。

容貌較像安潔莉娜，看到的人都認為其外貌就像個女孩子。

實際上，根本不用特地跟眉毛英挺的特列斯相比，這孩子可愛又美麗的模樣，彷彿就像天使下凡。

有著克修里納達家與卡塔羅尼亞家血統，代表了凡恩比起特列斯更適合繼承財團代表以及王侯貴族身分。

可想而知，這就是芬戴特心中祕而不宣的事。為了成就此事，他絲毫不求回報地將愛投注到安潔莉娜及特列斯身上，以免兩人討厭自己。

想當然，財團方面也衷心祝福著凡恩誕生，更明確地表達期待再現桑肯特風光的歡迎之意。

日後就連特列斯也理所當然地如此認為，決定將克修里納達家及羅姆斐拉財團都託付給凡恩，自己則當個軍人。不過目前的他年紀還小，只是單純為了可愛的弟弟出生而欣喜。

同一時刻，希洛·唯在宇宙宣布殖民地以非暴力及非武裝形式獨立。

世稱「宇宙之心宣言」。

理所當然地，這次的宣言在後來成為山克王國的完全和平主義根源。相隔數十年後，變成莉莉娜女王的世界國家宣言源頭。

安潔莉娜、特列斯，以及剛出生的凡恩一起看了希洛·唯這場演說的實況轉播。

但是她的表情卻充滿憂愁，甚至流下淚水。她那已經凍結的淚水，為什麼又會在這時流下呢？

因為在畫面上除了希洛·唯之外，她還看到懷念的艾因。

受到槍擊的後遺症讓艾因拄著拐杖，無法好好站著，令人目不忍睹。不過見到終於能站到舞台前面的艾因，想必一定讓安潔莉娜深深感動吧。

然而當她看到希洛身邊有原本是反聯合國組織成員的坎斯，和據說占有殖民地一半財富的資產家德基姆·巴頓，一股無法言喻的不安感，像是黑影般蒙上安潔莉娜的心頭。

而這次的獨立宣言也讓她感到危險無比。

這要說是完全否定聯合國軍的宣言也不為過。

對於殖民地來說，當然是值得歡迎的事，但對於希洛及艾因來說，就等於是要赤手空拳和聯合國軍對抗。

「他們會被殺……」

聯合國宇宙軍的塞普提姆少校跟艾因・唯有私人恩怨，而希洛・唯則是讓他覺得會危害到體制的危險分子。

再這樣下去，殖民地的利益將會被搶走。正因為這種想法，會去委託地下組織「OZ」的前身，「聯合國軍特殊工作班」的狙擊手去暗殺希洛・唯，或許也就不奇怪了。

「特殊工作班」是歸在聯合國軍總部，不是區區宇宙軍的少校能夠使喚的。

他終究只能以「委託」方式，拿出宇宙軍的預算支付報酬，以執行此行動。

接受委託的是名叫亞汀・羅的人。

他的事蹟先留到後面再講述，這邊就先露個名字吧——

AC-175 APRIL 07

四歲的特列斯清楚記得這天發生的事。

可以說是特列斯人生最初的記憶。

安潔莉娜當時帶著特列斯和凡恩，在歐洲北邊的斯堪地納維亞半島旅行。

芬戴特並未同行。

安潔莉娜想讓還年幼的特列斯及凡恩觀賞極光。

這是趟愉快的船旅，預定行程是眺望美麗的峽灣直到挪威海，最後在格林蘭的雪地觀看極光。

不過前些日子吹起了暴風雪。

雖然是四月，但北極海方面流下了大量的流冰，並因為暴風而使得巨大白色的流冰彼此激烈衝撞。有的浮上了海面，有的則是沉到了海底。這一片白色的起伏海面，不禁令人聯想到就像是冰塊的戰爭。

流冰的邊緣相當尖銳，那邊鋒劃過了同類後，又再變成更可怕的利刃。

特列斯在船上看到這般光景，感到異常興奮。

這場戰爭既無主義也無主張。

不論是正義或是邪惡，己方或敵方，甚至是戰爭的理由都不存在，是場「徹底無意義而空虛的戰爭」。

若以理性看待，這可以單純當作是自然現象。

但是特列斯的感性讓他覺得這相當唯美。

暴風在隔天早上停歇，形成萬里無雲的大晴天。

安潔莉娜母子就在這時得知了希洛．唯的暗殺事件。

他們母子三人瞪大雙眼，看著船艙內螢幕上轉播，因為受到狙擊而當場喪命的傳說領袖新聞報導。

安潔莉娜頓時啞口無言。

而在這同時，恐怖分子引爆了該會場，艾因．唯的死訊跟著傳來。安潔莉娜自始至終不發一語。

不知道她到底是感到驚訝，還是感嘆之前擔心的事果然發生了。

她並沒有哭喊，也沒有亂了方寸。

連眼淚也沒流下，只摸著特列斯及凡恩的頭說：

「歷史的齒輪失控了……世界將越走越錯誤……」

特列斯及凡恩在母親的催促下，離開船艙去看海上的流冰。

當時看到的景色讓他們終生難忘。

屢經研磨而尖銳的透明冰塊邊角，及其底下碧藍冰冷的海水在剛升上水平線的太陽光線照射下，發出了閃耀的光輝。整片海面如同嵌上了白銀、黃金還有七彩稜鏡的寶石般燦爛。

這是純粹的美景。

是出現在無意義戰爭之後，莊嚴而無缺的美。

或許特列斯會想要這麼形容，但目前的他並沒有辦法如此表現。

這片美景占據了特列斯及凡恩的整個心神。

「好漂亮喔，哥哥。」

「嗯……」

「你們兩個要好好記住這片景色……總有一天，這會對你們有幫助的。」

安潔莉娜不知何時站到他們兩人的背後，如此靜靜地說著。

「母親……」

「艾因，我愛你。」

安潔莉娜將自己的脣貼上年紀仍幼小的特列斯嘴脣。

這並不是一般媽媽對小孩的那種親吻。

她在特列斯身上看到艾因的面容，當作是情人而親吻。

這時，特列斯的眼睛流下出生以來的第一滴眼淚。

他深深了解到母親的悲痛。

年幼的凡恩肯定看到這兩人的舉動，後來卻從未提過這件事。

或許他不記得了吧。

但是不難想像在其內心深處，應該會有著像是原初景觀般的某種感觸。

特列斯．克修里納達在這之後未曾流過眼淚。或許他和他的父親及母親一樣，淚水都凍結成了冰霜。

世界逐漸變化。

地球逐漸落下。

宇宙樂園逐漸凋零。

年幼的特列斯模模糊糊地感受到，事情已經再也無法回頭了。

二十年後（ＡＣ１９５年），特列斯引用里爾克的詩〈秋〉寫下了短文。

而在這之前的ＡＣ１８７年，他也創作了相當類似的詩流傳於世。觀賞流冰的經驗，想必極可能影響到〈秋〉及創作詩。

這般猜測也基於安潔莉娜隔天就決定不去觀賞極光，而是回到盧森堡，而且之後便一直穿著黑色喪服，足不出戶，不再有旅行之類的活動有關。

不論特列斯或是凡恩，在日後的人生再也沒有任何感動，並且也完全沒有受到諸如壯闊的自然或是神祕的宇宙之類現象刺激的跡象。

雖然畢竟只是猜測，但ＡＣ１７５年的四月七日，不論對安潔莉娜還是特列斯、凡恩這對兄弟而言，都應該算是命運轉變的關鍵日吧。

這自然不只他們母子三人而已，這日子也改變了地球圈所有人的命運一事，自是無須再多言。

無庸置疑的是，這命運轉變的關鍵日與見到那美麗景色的日子居然在同一天，無論如何都深刻地影響到特列斯內心深處的變化。

以下用德語寫成的創作詩正是上述的佐證。或許可當作是考察特列斯・克修里納達為人感性時的參考——

〈眩光〉

黑暗彼方出現一點光。
我朝著那道光奔去。
只是不停歇地奔去。
渾然忘我地奔去。

我奔著奔著，
就像是穿過了隧道般，
闖入了光耀眩目的世界。
富足無缺的世界。

這就是我所追求的？
我想追求的？

不，不是的！
我追求的並非安息。
這並非我內心所渴望。

我回過頭，
眼前是自己走過的，
漆黑隧道的出口。

我追求的並非結果。
重要的是過程。

既然如此。

我的救贖，

唯有那陰暗的黑暗中才找得到。

唯有不斷奔跑才有意義。

我反問自己，

為何要——

一直奔跑呢？

AC187 sommer TK

AC-176 AUTUMN

希洛．唯暗殺事件讓地球圈，特別是讓期望和平的人心中留下巨大的傷痕。

位於地中海的聯合國軍新兵器開發基地科西嘉島，當時正在製造名為Mobile Suit（ＭＳ）的人型機動兵器。由殖民地派去的五位優秀技術人員，同時也是科學家的他們，在這事件的同一時期，拒絕任何技術合作並不知逃向何處。

結果ＭＳ的開發工作就轉由ＯＺ的技師長塞斯．克拉克，以及技術軍官茲伯洛夫．畢爾門負責，而計畫也變更為建造大幅壓低成本的量產型。

這年的八月，初期型陸戰用ＭＳ里歐正式完成並開始量產，十月中旬實戰配備。

同時間，技術軍官茲伯洛夫開發了特化中距離支援、間接攻擊的特拉哥斯，並於年末前達到量產。

緊接著，技師長塞斯完成了以里歐為原型衍繹而成的空戰用ＭＳ艾亞利茲，隔年四月量產。

要說所謂第一期型ＭＳ的初期原型，幾乎是在這時完成也不為過。

而位於斯堪地納維亞半島，以醫療著名的國家山克王國，也是從這時改變國家方針，開始著手建立以獨自和平思想為根基的王國。

並且宇宙方面對於聯合國以軍事介入殖民地的行為，諸如Ｌ-５Ａ００２０６等殖民地也表現出反抗的意向，深刻的對立情勢就此應運而生。

而先前希洛與艾因在其他殖民地群努力抑制的武裝暴動，也於此時頻傳失控。

甚至可以用脫韁野馬來形容。

見到如此現象，聯合國軍便以維持治安為名目，接手進行軍事壓制。這樣的發展形成一連串的憎恨連鎖效應，可說是打開了無止境戰爭時代的序幕。

要特別說明的是，在Ｌ-５Ａ００２０６殖民地上發生了人類史上首見的ＭＳ對戰，但因為與本條目較不相關，只好先放到後面再說明。

當人一度迷上極致美麗的事物後，就可能會對於在骯髒的人類社會生活產生抗拒反應，甚至可能會採取相當瘋狂的行動——前面曾這樣提過。

這或許也可以套用到美麗的詞彙「和平」上。即使只是一時，當人們嘗到和平的滋味後，一旦失去了和平，就會陷入無法言喻的不安情緒中。而高喊要再次拿回那和平生活並化身為嗜血的戰士，最後也將逐漸被瘋狂給侵蝕，貪婪於殺戮中；過去人類的歷史已經發生過無數次這樣的案例。

安潔莉娜·克修里納達也是從這時期開始變得異樣。

自從艾因死後，她就失去了生存的力氣，在精神方面將自己逼到絕境。

她接連不斷地度過失眠的夜晚。

在不悲傷的時候突然落下眼淚，美麗的臉龐已然不復見情感的徵象。

前言不對後語的言行及異常舉止引人矚目，甚至會時而脫下黑色的喪服，赤裸著身子在屋內走動。

對特列斯來說，那個溫柔優雅又充滿氣質的美麗母親已被瘋狂給侵蝕。

年幼無力的他看到母親這副模樣，想必會感到痛心吧，但他並沒有因此而落淚。

甚至於，特列斯從未對如此轉變的安潔莉娜發出任何怨言。

「只要跟母親在一起，我就覺得幸福了。」

僅僅如此表示，並未向母親撒嬌。

凡恩也同樣仿效這樣的哥哥。

過去，安潔莉娜也跟艾因說過一樣的話。

可是才剛滿五歲跟三歲的小孩子，真的能夠這樣堅強嗎？

不知不覺間，克修里納達家不再有朝氣。

起因在於一家之主的芬戴特越來越少在家。

據本人的說法，是因為財團營運方面讓他忙得喘不過氣來。但不管是特列斯還是凡恩，都只覺得這不過是想要逃避安潔莉娜的藉口罷了。

要是芬戴特能在這時投身照顧自己的愛妻，安潔莉娜的心病可能不會像這樣越演越烈。

為了穩定心神及治療心理，安潔莉娜後來住進了山克王國的王立醫院。

芬戴特告訴特列斯兄弟，因為那裡有最先進的醫療技術，其實當然是為了保住貴族的名聲而選擇國外的醫院。

即使如此，特列斯及凡恩仍常常去醫院探望她。

相對於此，芬戴特則一次都沒有去過醫院。光從這點來看，就足以說明這對夫妻並不是真正相愛。

然而這一天，芬戴特也跟著去探望，只是並沒有進入王立醫院，而是在外面的車上等待。

大廳上擠滿了來自各方的人。

後來芬戴特才知道，是因為匹斯克拉福特王室生了嫡子。

據說王子的名字叫作米利亞爾特。

特列斯·克修里納達與米利亞爾特·匹斯克拉福特。

這兩人日後創建了ＯＺ特務部隊，還主導引起了宇宙與地球的全面戰爭。但這時當然不會有人想到他們兩人未來將面對的命運。

AC-180 APRIL 08

四年的歲月過去了。

結果這四年下來，安潔莉娜並沒有出院。

特列斯成長到九歲，凡恩則是七歲。

孩童時期的特列斯及凡恩，不僅在學成績皆優秀，更有著在班上總是身居領導地位的領袖特質。

凡恩的身體一出生就很孱弱，相對的，特列斯則是幾近運動萬能，善於劍擊和馬術等各種運動。

這兩人每逢假日，必定前去醫院探望母親。

在靜謐的醫院走廊上，凡恩在進入母親的病房之前，問了特列斯僅此一次，他從很久以前就很想問的問題。

「哥哥，你愛母親嗎？」

聽到弟弟如此直接的問題，特列斯雖然不想迴避，但也沒有直接回答。

「你呢？」

「我當然愛啊。」

特列斯露出溫柔的微笑說：

「是嗎……那這樣不就夠了嗎？」

看到哥哥的笑容，凡恩總覺得帶了點寂寞的感覺。

或許可以說就是因為如此，他再也沒有問過這個問題。

一走進病房，安潔莉娜正靜靜地望著窗外。

她的眼神依然沒有生機，甚至讓人懷疑到底有沒有在呼吸。感覺只是勉強活著而已。

兩兄弟就對著這樣的母親一一說著當天在學校發生的事，或是養的貓咪如何了等瑣事。雖然只是些無關緊要的話題，他們卻都很努力，特別是凡恩更是用心。

安潔莉娜一開始只是點點頭而已，但當她的視線一和特列斯對上，眼神就會立刻透露出生機，並一定會說出相同的話：

「去掌握世界吧，特列斯……你要成為宇宙及地球的支配者。」

特列斯當然不是會把這種話當真的孩子。

然而凡恩就不一樣了。

他將母親說的話全數聽了進去，一心認為哥哥特列斯就是有著肩負宇宙及地球和平使命的人。

山克王國的匹斯克拉福特王高揭「完全和平主義」，正好就與公主莉莉娜出生的這個時期重疊。

這邊先暫時稍微回顧一下山克王國的歷史。位在斯堪地納維亞半島的這個王國，就地緣政治學而言，便是個紛爭不斷的地方。

要直截了當地比喻，就是這裡是離和平這個詞最遠的地方。

資源缺乏，國家軍事力又弱小的山克王國，總是受到他國的紛爭波及，是個不斷受到歐洲大國恣意妄為的策略，被玩弄於股掌間的可悲受害國家。

但從某個時期開始，突然轉變成強大的軍事國家，甚至開始侵略別國。

於是世界各地的軍隊乘機進攻，更毫不客氣地徹底蹂躪山克王國。

因此其國民……不，倒不如說是整個國家陷入了極度的疲憊狀態，還必須為此支付龐大的賠償金。

而勇敢面對這賠償要求的，就是現任匹斯克拉福特王。

他將原本的軍事預算全部投入到促進醫療的研究工作上，並成功地將技術提升至世界第一。此外也變更了教育體系，讓三分之一的國民轉為醫師或護士。而醫療器具的開發水準也達到頂尖水準，使得因戰爭而死亡的人數大減。這都是這位匹斯克拉福特王帶領的山克王國功勞。

僅僅數年，就付清了那龐大的賠償金。

接著，就組成精良的醫療團前往戰爭地區，不求回報地治療傷患，因此洗刷過去身為軍事國家的汙名，獲得世界各國的信任。這結果使得山克王國不再受到其他國家的進攻。整個國家搖身一變成了醫院，而一旦攻擊醫院，不管是何種軍隊都會受到非議。於是沒有人會想犯下將戰爭帶進此國的愚蠢行為，也沒有意義。

自從此次成功後，山克王國便在不知不覺間加重了發言力道，盡一切努力要消弭世界上的戰爭。

除此之外，山克王國也不吝惜地將醫療技術輸出到殖民地，而宇宙的婦女生產問題也在該國的醫療團隊努力下獲得解決。

後來希洛・唯數次拜會該國的匹斯克拉福特王，正是基於此因。

然而，共同追求和平的同志希洛・唯在ＡＣ１７５年遭到暗殺，使得該國走入孤掌難鳴的情勢。

匹斯克拉福特王便暫時停止在宇宙的和平活動，先努力著手建立地球的和平。

贊同此事的國家雖然不多，但確實是有的。

接著就演進成今天高舉著反武裝、反暴力，指責戰爭的「完全和平主義」。

這一年四歲的王子米利亞爾特，或是才剛出生的公主莉莉娜，當然無從得知這將為該國帶來前所未有的悲劇。

在這場宣言過了二十個月之後，山克王國受到戴高・奧涅格這個認為和平主義的擴大將會帶來危險的地球圈統一聯合國軍將軍攻擊，王國就此崩解。

匹斯克拉福特王在這時身亡，他的兩個孩子則行蹤成謎。這是發生在AC182年的事——

AC-183 WINTER

特列斯的母親安潔莉娜在山克王國崩解之前就更換了醫院。

這極可能是得知了聯合國軍內部資訊的芬戴特做了如此安排。

而且還避開了常發生軍事紛爭的歐洲，移往L-1殖民地群的醫院專用設施。

或許如此規劃是克修里納達家，或是羅姆斐拉財團為了特列斯及凡恩的未來，才將他們的母親盡可能放在遠方隔離。

對特列斯來說，繼父芬戴特並不會讓他感到太不愉快。

他能體會母親不在特列斯身邊的心情，而總是溫和相待。

這與其說是長期生活在一起的移情作用，還不如說是贖罪意識，才讓芬戴特會如此對待。

話說回來，總是過著貴族社會生活的這個男人，光是有著想要贖罪的想法就該歸類在上乘了。

弟弟凡恩則是敬愛著特列斯，並認定輔佐未來會成為羅姆斐拉財團總帥的哥哥是自己的使命。

不過從少年期進入青年期的特列斯，對於財團及王族之類的政治野心完全沒有興趣。他抗拒生來註定的羅姆斐拉財團地位，轉而進入地球圈統一聯合國軍的軍官學校就讀。

這是他十一歲時的事。

也或許是因為特列斯厭惡王侯貴族那種唯我獨尊的心態，而想要成為軍人吧。

還可猜想到的是，他從希洛．唯及山克王國的下場深刻地感受到，不管是多麼高舉著崇高的和平主義，沒有實力便會輕易遭到消滅。

無論如何，他正睜大那滿是哀愁的獨特眼光，想要找出自己的生存價值。

特列斯在軍官學校的成績也是首席。

他的教官是人稱羅姆斐拉財團怪人的奇利亞．卡塔羅尼亞上校。

他是代理財團代表的迪爾麥優公爵的小兒子，也是芬戴特．克修里納達年紀相差懸殊的弟弟。

奇利亞有個兩歲的獨生女桃樂絲，常常到軍官學校遊玩。與特列斯算是遠房親戚的這個小女孩是個相當活潑的孩子，其笑容令人印象深刻。

「我長大之後，要當特列斯哥哥的妻子。」

她會說出這類的話，逗得身邊的人大笑。

可是這對她本人來說可不是開玩笑。心裡面似乎是真心這麼想。

桃樂絲對特列斯如兄長般地敬仰，而特列斯也視桃樂絲如自己的妹妹般疼愛。

至於奇利亞，與其說特列斯是他的姪子，但他毋寧將特列斯看作是位優秀的學生而多方關照。

他尤其用心地教導特列斯最新ＭＳ的操縱法及戰略、戰術理論。

當時，ＭＳ是戰場上無用之物的想法已經漸漸傳開。

因為過去並沒有什麼發揮功能的例子。

這時候的特列斯心中，當然也就把ＭＳ是種低戰術價值的兵器當作常識。

可是教官安排的活動，成了把他這種想法整個顛覆的命運際會。特列斯因為奇利亞教官的教學規劃，而前往科西嘉島基地參觀。

那裡放了一架還未完工，便因計畫被棄置而冷凍，名為「托爾吉斯」的ＭＳ。

特列斯對托爾吉斯的初次印象並不太好。

首先是機體配色。

機身塗的是迷彩，顯現出強烈的兵器感覺。

且未安裝頭部，而是抱著自己的頭站著。

看起來就像是北美傳說中的「無頭騎士」。

而且話說回來，究竟為什麼要取「托爾吉斯」這名字呢？

這名字有著「法術師」、「引發奇蹟之人」的意思，實在不覺得跟ＭＳ這種兵器有哪裡搭配。

開發這架機體的科學家中，還有一位男子留在此基地內任職技術指導。

特列斯便走到這位穿著夏威夷襯衫，戴著太陽眼鏡，樣子看來極度不專業的男子身邊。

男子正躺在海灘椅上打瞌睡。

「我叫特列斯．克修里納達。有問題想問技術指導。」

太陽眼鏡男子似乎完全不想理會，背朝向特列斯，不耐煩似的抓了抓屁股。

「我認為這架機體的性能，無法在戰場上發揮效果。」

身負高機動力，裝甲卻採用重裝備，操縱明顯不佳。

不論是採中距離支援，或是搶先殺入敵陣擾亂其陣勢的戰法都不合適。

既然如此，那麼特別加強機動力的艾亞利茲或是重裝備的里歐，間接支援用的特拉哥斯等ＭＳ還遠比托爾吉斯好用。

「以上是我的愚見，不知技術指導覺得如何呢？」

這位男子……叫作霍華的技術指導就這麼背對著特列斯，以鼻子輕嘲一聲，冷冷地開口說：

「這是把ＭＳ套進部隊或師團中而來的概念。」

特列斯不懂他的意思。不套到部隊或師團的話，那要如何運用？

「這架叫作托爾吉斯的機體，是一架可以一騎當千的機體。原本ＭＳ這種東西，就是以那種戰法才最能夠加以有效活用。」

特列斯終於聽懂了運用方式。

過去的戰史，一直告訴後人數量優勢就是勝利的絕對條件。

雖然有精兵策略這種用法，但一般都認為戰場上帶著絕對優勢的兵數，盡量以不戰而屈人之兵才是上上之策。

在如此理論下，托爾吉斯的開發團隊卻似乎是採用完全相反的概念來開發、製造出ＭＳ。

不過這終於只是策略之一，他不覺得會有效。

（聽起來，根本就像是故事書中的英雄嘛。）

特列斯抱著懷疑的態度在心中如此作想。

一舉反敗為勝的決戰兵器。

具有高機動力的移動要塞。

就算真的完成了這種東西，也沒有能夠操縱的駕駛員。

（不，如果我就是駕駛員的話，或許……）

轉念一想後，他繼續思考。

（並非不可能。）

不管什麼情況，他都不會放棄思考。

這正是特列斯的特色，一般人是難以望其項背的。

（戰場上需要的，並非機能不全的大部隊士兵，而是只要一位英雄就夠了，是這樣嗎……）

這樣一來，確實可以有效減少死亡人數及無謂的犧牲。

（這是多麼理想的兵器啊……）

「真是優雅。」

「嗯？」

聽到特列斯如此喃喃說道，霍華感到疑惑。

「我有件事要拜託技術指導。」

特列斯興致勃勃地說：

「總有一天，希望這架托爾吉斯可以由我搭乘。」

「哦？」

「但我覺得這迷彩並不合適，應該有更適合英雄的顏色才對。」

「這點我也有同感……你認為哪種顏色好呢？」

「要優雅……」

「？」

「就請您為它加上優雅的顏色。」

後來霍華就為「托爾吉斯」的機體色改塗上明耀的白色。但是最後駕駛這架機體的，卻是有著「閃電伯爵」外號的傑克斯．馬吉斯。

經過十二年之後，特列斯才再次與傑克斯．馬吉斯特校從盧森堡帶來的「托爾吉斯」相見。

當然特列斯說出的感想，就像是第一次看到似的。

「這架就是托爾吉斯啊……原來如此，不像是一般的機體呀……也難怪只有傑克斯可以駕駛了。」

特列斯當然沒有忘記托爾吉斯。問題就在於他身邊的蕾蒂．安特校。當時她還不能說是完全了解ＯＺ的一切。

所以只是特列斯還不想將自己的內心讓尚未進入狀況的蕾蒂．安知道而已。

特列斯像這般隱藏自己本意的態度，是從這時的軍官預備生時代就開始的。

唯一會讓他打開心房的人，或許就只有桃樂絲．卡塔羅尼亞了。

除了她之外，他已經習慣對任何人都保持距離。

這時的特列斯還沒有想出ＭＳ特有的戰法，還有戰術上的運用方式。

不過他日後卻著手開發及發展作為戰鬥兵器使用的ＭＳ，還在「ＯＺ」這組織內成立了ＭＳ特務部隊。

此外，他在名為破曉作戰的政變行動中，甚至還策劃出僅僅數天就奪得地球圈統一聯合國軍支配權的戰略運用方式。

這點堪稱是偉業。要是沒有特列斯的話，ＭＳ這種兵器或許會面臨走入歷史的危機之中。

托爾吉斯的後繼機，托爾吉斯Ⅱ及托爾吉斯Ⅲ從設計到製作完成的工作，還有完全實現了這時霍華所提，設計概念的史上最強機體：次代鋼彈能夠在世人面前展現，這些沒有別人，正是特列斯的功勞——

MC-0022 NEXT WINTER

警報聲突然響起。

我吃驚得趕緊拿下虛擬眼鏡，仰起頭來。

警報是因為張老師啟動了某個裝置而響的。

在引人注意的旋轉燈光下，後方一面牆壁開始緩緩地向左右張開，並從內側散出強烈的冷氣。一具人工冬眠用的冷凍艙，從白色朦朧之中自動送出。

這情景足以用莊嚴二字形容。

冷凍艙的外形就像是凍成了冰結的淚滴。Frozen Teardrop

白白的冷氣漸漸散去，其樣貌開始清晰可見。

那是仿自闔上了美麗天使雙翼而沉睡的睡美人，全長超過三公尺的大型裝置。

睡美人的臉，是令人印象深刻的美少女。

好像一個人——我有這種感覺，但卻想不出到底像誰。

「我來喚醒睡美人。」

張老師伸手操縱起冷凍艙的控制面板。

隨著機器嗶一聲的回饋音，美麗雙翼動人地向外張開。

冷氣漸漸與室溫調和，這時才發現睡美人用的是透明材質。外側護蓋上附著了無數的水珠，並在旋轉燈及室內照明的反射下，綻放出變化多端的光芒。

彷彿是七彩的極光一樣——

也像是就要融化的流冰。

「開始解凍。」

由睡美人的手臂抱住的是主體：冷凍艙。那模樣看起來，就像是會永遠溫柔地擁抱懷中物似的。

「接下來，就只剩下等待……了吧……」

神父鬆了口氣，搥了搥肩膀。

讓睡美人從背後溫柔抱住的內艙檢視窗上，水珠逐漸增加了起來。

到最後，已經可以看清楚冷凍保存在其中的人物面孔。

「看完了嗎？」

迪歐在後面探過頭來。

「還挺快的嘛。」

「還沒有。你不是在睡覺嗎？」

「太無聊了，睡不著啊。」

「你稍微安分一點啦。」

不過就連我也靜不下來。我放著虛擬眼鏡不管，只是來回看著睡美人及全像投影幕上的檔案。

我的心情大概就跟覺得無聊的迪歐一樣。

冷凍艙內的人……

是名少年。

他用的名字跟從前殖民地的傳說領袖相同。

「希洛・唯」——

他被賦予了這個代號，成為鋼彈駕駛員，不斷奮戰——

特列斯檔案2

冷凍艙的檢視窗已經可以清楚看見少年的臉孔，我察看之後，感到有些疑惑。

好像在哪裡看過他。

想起來了。

這名少年像極了我受張老師指示所收集的檔案「AC-195 AUTUMN」中，以「迪歐」為名，滔滔不絕唸出作文內容的人物。

何止是像，說不定就是同一個人。

為了避免混亂，我必須向張老師求證。

「我聽說睡美人是希洛．唯。」

「就是希洛．唯。」

「可是，先前我看的影片中……」

「妳腦袋會摸不著頭緒也是難免的……」

神父皺著眉頭說：

「這傢伙在轉學到殖民地的高級文科中學時，隨便用了我的名字。」

這下我更加混亂了。

他說的「這傢伙」，指的是希洛．唯嗎？

這麼說來——

「神父，你是迪歐．麥斯威爾？那個鋼彈駕駛員？」

「嗯～我沒說嗎……順便告訴妳，張老師也是喔。」

「你少多嘴。」

「不會吧……」

「很久以前，他還會正大光明地說：『我的名字叫張五飛』呢。」

我睜大眼睛，啞口無言。

在地球圈史藏館內還稱作「機密紀錄」的鋼彈駕駛員，現在就已經有三個人齊聚在這裡。

我開始努力釐清眼前的狀況。

在冷凍艙內準備甦醒的少年，叫作希洛．唯。

為人神祕兮兮的中年神父，叫作迪歐．麥斯威爾。

他的兒子，那個臭屁的辮子頭少年，名字也一樣叫作迪歐．麥斯威爾。

然後，我那總是板著一張臉的上司，預防者火星分局局長張老師，就是張五飛。

「張老師，為什麼你沒跟我講過這件事呢？」

「因為沒必要。」

那張原本便板起的臉變得更冷峻後，張老師繼續說：

「就算妳知道，也不會有什麼幫助。」

「雖然沒錯……」

「對了……」

神父貼近我的臉悄悄說：

「這傢伙從小時候說話就是那個樣子了。」

這話令我不禁想噗嗤一笑，但拚命忍了下來。

眼前這種唯我獨尊的說話方式確實很有架子，但要是從小時候開始就這樣的話，反而會給人是在裝模作樣的感覺。

我的母親莎莉在跟張老師還是預防者同事的時候，到底是怎麼和他相處的呢？實在無法想像。

不過，或許這件檔案中，將會出現年輕時期的張老師。

畢竟前面也窺見到外號叫作「新鈦合金女」的現任總統桃樂絲・K・卡塔羅尼亞兩歲時的樣子。

「凱西准校，妳檢視完這份檔案了嗎？」

「不，還沒有。」

「看快點……妳也了解得太少了！再這樣的話，我只好把妳拉出這次的行動！」

張老師指摘得沒錯。

為了執行這次的「神話作戰」，應該至少要有相當於睡美人「希洛・唯」擁有的知識量才對。

我趕緊戴上虛擬眼鏡，繼續察看檔案。

只要數秒鐘時間，就足以成為歷史的旁觀者。

在顯示「ZERO」字樣後所載入的影像，是前一段事件的兩年後，從AC185年開始——

這時候的特列斯．克修里納達為十四歲。

AC-185 AUTUMN

特列斯在軍官學校的成績相當優異，他精通戰略、戰術理論及MS等兵器的戰鬥格鬥技術，其實力更勝奇利亞．卡塔羅尼亞准將（去年從上校晉升）擔任教官的時候。

他僅以兩年半的時間，就完成統一聯合國軍軍官學校的所有學習課程，在教官資格考試時也是以頂尖的成績考上。

奇利亞准將於是派他去位於非洲大陸中央的維多利亞湖基地內，才剛成立的OZ軍官預備學校任職。

非洲大陸在這個時代依然是公認的偏遠地區。

但這並非貶職，因為歐洲一帶仍然是由聯合國軍身經百戰的老將把持著。雖說才剛滿十四歲的教官會引人反感，這想必是奇利亞的刻意安排。

赴任維多利亞湖基地首批教官的特列斯，充分發揮了他的才能。

學校裡的少年少女不但學到了擔負OZ未來所必要的高超技術及知識，成績也遠勝其他的聯合國軍軍官預備生，在全世界有著頂尖等級的知識水準。

當然，軍事才能並非從學力成績就能夠測得出來。日後特列斯所栽培的學生進入OZ特務部隊均成為優秀的MS駕駛員，且從這間預備學校出了很多人才。就這點而言，相信還是得承認他是個優秀的教官。

不過當時聯合國軍的老將，總是質疑像特列斯這種沒有實戰經驗的年輕教官，又能教出「跟戰爭有關的什麼東西」。

「優秀很好啊！可是殺得了人嗎？」

也有人嘲笑這些人不過是在基於理論的演習中，得到了好成績罷了。

這都是理所當然的事。如果沒有實務經驗，不可能會得到認同。

尤其軍中有著上下關係嚴格的紀律，上面對年輕軍官會懷有幾近嫉妒的恨意。

所以這時認同特列斯的人，就只有奇利亞・卡塔羅尼亞准將。

「特列斯是戰爭的天才。」

奇利亞對身旁五歲的桃樂絲這麼說：

「在戰場上的他，想必會美麗而優雅地，像是在跳華爾茲舞蹈一樣，從容地破敵致勝吧。」

他總是如此評價特列斯。

桃樂絲興奮地回問奇利亞：

「真的嗎？」

「嗯，是真的。」

「好棒！我好想看特列斯哥哥戰爭的英姿。」

「不行，桃樂絲……小孩子不可以上戰場。」

「可是特列斯哥哥不也還是小孩子嗎？」

「這是沒錯……」

奇利亞不知該怎麼回答。

桃樂絲從這時就有著說話一語中的，讓對手難以辯駁的性格。

「桃樂絲，妳好像真的很喜歡特列斯呢。」

「嗯～我好喜歡！可是不要告訴爺爺喔。這是我跟爸爸的祕．密！」

她露出令人印象深刻的笑容，如此說道。

另外，特列斯也在這座維多利亞湖基地中，試驗了他一直以來給自己的課題：有效率的ＭＳ實戰配備訓練。

ＭＳ的特性就在於機動能力。

然而當時聯合國軍的ＭＳ運用方式，主要採用的是配合步兵部隊、後方戰線及

定點基地的防衛工作。

這裡必須先回顧一下ＭＳ這種人型機動兵器的歷史。

原本ＭＳ是種為了建造宇宙站或殖民衛星而設計的大型工事作業用搭乘操作型機械人。是種藉由更換工具，只要一架就可以完成絕大部分建設工作的好器具。其廣泛用途足以在戰場上運用的構想，並非源自聯合國軍方，而是殖民地方的反聯合國組織。

沒有什麼像樣武器的反抗組織，為了與聯合國軍的優勢武器對抗，有效地運用了這種機器人的鑽子、扳手及錘子等工具。

後來，大家就叫這些人型兵器為ＭＳ，並且受到聯合國軍，特別是ＯＺ技術官重視而開始正式投入開發。

開發工程在ＡＣ１７５年受到挫折，因為五位「托爾吉斯」中心開發技術人員逃離了現場。

但在繼任者塞斯．克拉克技師長以「托爾吉斯」為基本結構下，成功開發出量產型的「里歐」，更於同時期開發出繼承「托爾吉斯」機動力的飛行型ＭＳ「艾亞利茲」。

他那改造能力及對ＭＳ的堅持，不妨就稱作某種特異才能。

塞斯最小的弟弟特倫特．克拉克技術特尉在ＡＣ１９５年也讓世人見識到他對配備有「ＺＥＲＯ」系統的飛翼鋼彈零式不尋常的執著。

或許可以說，他們果然是異於常人的技術人員兄弟吧。

另一方面，受到「托爾吉斯」那破壞力超群的砲塔、武裝刺激，茲伯洛夫技師開發出「特拉哥斯」。

當開始生產時，這三種ＭＳ只能一個師團配給一架。

雖然還不到全面的程度，但當時在聯合國軍高層內，幾乎沒有人想過要怎麼運用ＭＳ。

他們無法跳脫上個世紀延續下來的陸海空軍兵器運用概念，不管配備到哪個師團或哪個分隊，都只能身負輔助性的工作而已。

因此大家都把ＭＳ當作是「沒有用處的大型垃圾」。

光是主要任務變成維護保全戰線，就足以顯示完全沒有反映出塞斯及茲伯洛夫等開發人員的構想。此時老化的聯合國軍高層的想法已經發生動脈硬化，處於思考停止的狀態。

雖說如此，重裝備的里歐是較受重用的。

至於間接砲擊支援用的ＭＳ特拉哥斯，軍中只是當作可以移動的巨大砲台，或是自走砲而已。

但因為機體可以輕易地大幅度移動，導致駕駛者難以即時在機體就定位後做好準備，因此以實戰上來說，砲擊的命中率異常偏低。

這麼一來，高機動力的戰車還比較可靠。

即然如此，那將特拉哥斯派到前線當作戰車使用又如何呢?這根本用不著試，就其大小而言，肯定會變成敵方步兵穿甲彈的絕佳目標而被打成蜂窩。

飛行型ＭＳ艾亞利茲雖然也編進航空部隊，卻幾乎只在誘敵行動時運用。

要執行航空部隊得意的奇襲行動，那巨大機身也是太過顯眼了。

特列斯對此下了結論——這些運用方式全都錯了。

他認為若要戰術性地運用ＭＳ，就應該將里歐、艾亞利茲、特拉哥斯這三種機體編在同一個部隊才是。

也就是建立所謂的ＭＳ部隊。

首先，第一波戰鬥先以艾亞利茲展開偵察、分析、奇襲工作，以擾亂敵方前線。

第二波戰鬥以第一波戰鬥所得的正確情報為基礎，以特拉哥斯的砲塔支援射擊，並以主力部隊的里歐突擊。

第三波戰鬥則是集合兵力包圍敵方主力，持續攻擊，如此將可確實得勝。

這就是他新構想的MS部隊基本戰鬥程序。

人人都知道，從前眾望所歸的革命寵兒拿破崙．波拿巴曾創出輕騎兵、龍騎兵、重騎兵等三種騎兵，其戰術運用成功地蹂躪了歐洲各國。

其他還有同樣屬於非凡領袖的阿道夫．希特勒，也建立了著重於機動力的戰車部隊：裝甲師團，其無比的效果震撼了大地。

雖然也可看作特列斯是把這些運用方式轉為MS部隊，但是這個時代都沒有人想到這種方式，因此應當視為這是特列斯自己創建的概念。此外，也可以視為這種戰術是把「托爾吉斯」化分出來的三種能力分化後，匯整成一支MS部隊。

這樣解釋也是可行的。

特列斯肯定是因為在科西嘉島基地看到「托爾吉斯」後，才想出如此獨創的構想。

但是「托爾吉斯」這樣的機體可想而知，是要在MS戰時才足以活用在戰場上，若要去應付戰車或轟炸機就太大材小用了。要想徹底發揮其性能，就必須有廣大的空間。

當然，是有海上或是蒙古高原、薩哈拉沙漠之類無邊無際的地點。只是就世界局勢而言，幾乎都是恐怖分子或叛亂等區域性紛爭，主要的戰場以市區為主，諸如會戰、海戰、決戰之類的大時代思想已經過時。

不用多說，這自然是從二十世紀後半綿延至今，冷戰後的非國家組織持續性紛爭的影響，使得聯合國軍高層人士不再思考。

實際上，後來的歷史從來沒有發生過國與國的「真正戰爭」。

也就是說，就已經完全否決「戰爭」乃是「決鬥」的延伸這種想法的近代戰爭而言，與其將重點放在新兵器這樣的硬體面上，倒不如將部隊協同程序的運用等軟體面還比較重要的理論已經成為定論。

特列斯之所以人稱戰爭天才，就是在於他提出了結合舊式戰爭概念，以及有系統的近代戰爭理論這兩種互相矛盾的思想而成的新戰術。

而證明所言的事變，就在隔年（ＡＣ１８６年）的新年期間發生——

AC-186 WINTER

位於非洲大陸東部的都市，摩加迪休發生了叛亂事件。

地球圈統一聯合國軍當時正忙於處理歐洲的紛爭，主力的陸軍或空軍沒有一支部隊可以立刻派遣到摩加迪休。

只有印度洋上有數艘戰艦編成的艦隊，但這終究僅能封鎖海上行動，根本無法以武力鎮壓位在都市內的叛亂軍。

但若放著不管，叛亂軍將會成立臨時政府，而使得該國成為統一聯合國之外的獨立國家。

聯合國軍統合總部的高層為此而緊急召開會議，苦思如何解決此一狀況。

「維多利亞湖基地是可以立刻動員過去的。」

打破此僵局的是奇利亞．卡塔羅尼亞准將。

「那座基地有特務部隊的最新型ＭＳ。」

「別傻了，那些小孩子能做什麼？」

「小孩子？」

這場會議上，有一名羅姆斐拉財團派來代理迪爾麥優公爵旁聽的少年。

「邊迪中將想說的是『小孩子成不了事』嗎？」

「我不是在說你，凡恩．克修里納達。」

「我知道。」

凡恩理所當然地點了點頭。

這時候，他還只是個十三歲的少年。

但是羅姆斐拉財團下任代表的他已經受到周遭重視。他條理清楚的思緒及切中要點的發言，據說就像把銳利照人的刀子。

「目前『小孩子』這個名詞在戰場上已經變成了『士兵』。這點從歐洲叛亂軍的情況來看，也是再清楚不過的事。」

「是這樣沒錯……」

「聯合國陸軍主力在當下無法分身，不正是因為那些叫作『士兵』的『小孩子』從中作梗的關係嗎？」

邊迪中將沉默不語。

再說話也只是暴露自己的無能而已。

「可是凡恩先生，維多利亞湖基地裡的都是些訓練生，全部都沒有實戰經驗啊。」

諾邊塔上將語氣平和地提醒凡恩及奇利亞。

「這可不是去玩玩就可以了事的。」

邊迪也忍不住插話。

凡恩噗嗤笑了一聲回道：

「您說的玩玩，我可以解釋成運動嗎？AD曆後期的歷史戰史學家，克雷菲勒德在《戰爭演進史》中提到過，戰爭並非政治的延伸，感覺更接近運動。」

凡恩也跟特列斯一樣，有深厚的戰史及戰略理論造詣。

「當然了，我並不贊同。只是如果邊迪中將認同克雷菲勒德的話，我也沒有否定的意思。」

凡恩看著乾咳一聲的邊迪，就像完全不是對手似的輕嘲一聲，然後轉向諾邊塔。

「通常每個人一開始都不會有實戰經驗的啊……就算是諾邊塔上將，也總有第一次的時候吧？」

凡恩正努力讓眾人接受令他尊敬的兄長首次出戰的機會。

「而且，我認為若要確認MS部隊的潛力，沒有比這地方更適合的了。」

「我也贊成凡恩先生的意見。如果是他——我最優秀的學生特列斯・克修里納達特尉的話，一定可以達成使命。」

「既然都這麼說了，那就派OZ特務部隊去吧。不過——」

凡恩打斷諾邊塔的話，不讓他全部說完：

「所有責任都由我跟奇利亞叔叔一肩扛下，請不用擔心。」

接下來的日子，凡恩將不再只是旁聽的觀察員，而逐漸成為聯合國統合總部的軍事會議中心的發言角色。

「那就看看這支玩具軍隊有多行吧。」

邊迪小聲地譏諷。

「你會看到玩具的實力。」

凡恩毫不畏縮地注視著比自己年長數十歲的將軍。

不管是發言、智力、態度，都恐怖地像個惡魔般的神童。

維多利亞湖基地的特列斯立刻就收到出發的命令。

「收到。」

他一臉自信地回覆。

螢幕上的奇利亞露出擔心的表情，說出內心話：

「可別好強了，特列斯。」

「我並沒有教底下的學生要好強，我會用必要的行動贏得勝利。」

「聯合國的海軍是表示隨時接受支援的請求。」

「請幫我轉達說沒必要……我們可以處理一切。」

「哥哥。」

螢幕上換成了凡恩。

「聯合國的大人物嘲笑ＭＳ部隊是支玩具軍隊。」

「喔～說得挺妙的啊。」

「請哥哥展現平常的實力給他們瞧瞧吧。」

「凡恩．克修里納達，我會為了回報你這份沉重的期待而奮戰。」

「就不祝你旗開得勝了，因為勝利是必然的。」

特列斯臉上露出綽綽有餘的笑容，然後默默點頭。

特列斯馬上挑選出五名軍官預備生。

傑克斯．馬吉斯（10）。

露克蕾琪亞．諾茵（10）。

伊滋米．塔諾夫（14）。

索拉克・迪爾布魯克（12）。

艾爾維・奧涅格（13）。

雖然每個成員都是才過了十歲的少年少女，但皆成績超群，在MS的模擬戰也得到優異的成績。

在紀錄上，特列斯・克修里納達與傑克斯・馬吉斯第一次出任務是在AC191年鎮壓JAP地點叛亂的時候。

但其實並非如此。原因將在未來公開，現在還不是時候。

特列斯將螢幕上的摩加迪休地圖放到前景，顯示出部隊的模擬移動路線，向眾人說明此次行動。

「今天一八〇〇時，將配合日落時刻開始行動。首先，我和傑克斯預備生會駕駛艾亞利茲出動。露克蕾琪亞、伊滋米兩位預備生則以特拉哥斯間接支援，在我們回報正確位置之後，就全體砲擊該地點。」

「全體……？這樣特列斯教官跟傑克斯不是有中彈的危險嗎？」

聰慧的伊滋米預備生提出了可能無法避開的疑慮。

「不會中彈。」

傑克斯預備生語氣堅定地說：

「我會全部躲開。就盡情地射吧。」

「知道了。我不會放水的。」

露克蕾琪亞立刻就同意了。

特列斯露出微笑，繼續說明行動：

「索拉克預備生跟艾爾維預備生駕駛里歐突破敵方前線，集中攻擊敵方總部的主力。我們會從旁支援，不用管周遭狀況。」

「是！」

勇猛果敢的兩人激昂地回應。

「然後，本次行動的開始時間也通告叛亂軍了。這是為了要避免百姓受到戰事波及！另外，就算是叛亂軍的士兵，只要對方不抵抗，你們就不可以攻擊！而我們駕駛的既然是ＭＳ，就不允許自衛性的殺傷行為！各位要謹記在心！」

接著，身為年輕指揮官的特列斯為了鼓舞這些參加首次行動的年輕駕駛員說：

「本次行動要速戰速決！我們沒有會輸的因素！讓外界見識玩具軍隊的實力吧！」

日落後的摩加迪休。

這是座要塞型的城市。

而占領此地的叛亂軍士兵更是毫不鬆懈地嚴密戒備。

數條探照燈的光束，滴水不漏地不斷照耀著黑夜，並設置了一旦發現到任何接近的物體，就可予以擊墜並擊破的重機槍。

ＯＺ的運輸機飛到了這座城市的高空，並在對方聽不到引擎聲的高度盤旋。

機庫內有兩架白色的艾亞利茲。

當時特列斯將特務部隊的機體全部統一成白色。

他在日後的戰場，也幾乎可以說是必定會準備以白色為主的機體。

白色里歐、白色陶拉斯（轉由諾茵使用）……他對白色抱有特別的執著。

這份執持一直到最後所駕駛的「托爾吉斯II」。此外，AC196年時，自稱繼承了特列斯遺志的瑪莉梅亞軍，其主力MS「沙貝特（白蛇）」也是白色。

選擇白色為MS的機體色是相當匪夷所思的行為。

太過顯眼了。

簡直就像是在告訴敵方「請來打我吧」一樣。這點可看作是他想展現騎士精神，又或許可以解釋成這是他自信心過剩的表現。

特列斯並沒有說出確切的理由。

也許就是那美麗流冰的記憶，一直深烙在特列斯心中的關係吧。

「出發吧，傑克斯……」

「是……」

兩人早已在艾亞利茲的駕駛艙內。

這時，間接支援的伊滋米預備生傳來電訊：

『特列斯教官，不用放出反雷達用干擾片嗎？』

「不用……我們要堂堂正正地挑戰。」

「堂堂正正嗎……」

傑克斯咀嚼著這句話。

心中抱持疑慮。

「所謂戰爭，就要這樣嗎？」

「戰士不可猶豫……踏出的第一步，永遠必須悠然闊步。」

運輸機打開了後側艙門。

特列斯順著滑行出去，他不使用噴射器，而採自由落體方式。

「因為這是條光榮大道！」

傑克斯機也如此照著特列斯的方式跟下去。

「就算這是條沾滿血的道路！」

白色的艾亞利茲逐漸向地面落下。

特列斯與傑克斯兩人的目標在這時就已經分道揚鑣。

雖然落下的路程相同，心中的想法卻朝向完全不同的方向前進。

兩人聽著耳邊尖銳的破風聲響，看清了逼近眼前的摩加迪休全貌。

日後，傑克斯．馬吉斯將再次奇襲這座摩加迪休。

ＡＣ１９５年，聯合國軍因破曉作戰而瓦解後，殘存的聯合國軍便退守到摩加迪休要塞，而ＯＺ的索瑪利亞戰線，第33獨立部隊的任務就是前去攻堅。

傑克斯是參與該行動的部隊成員，當時他的ＭＳ就是那架白色的「托爾吉斯」。

敵方管制室的雷達已經捕捉到這兩架自由落下的艾亞利茲。

「發現有兩個落下物體！高度一萬公尺，就在這座城市的正上方！」

所有人都以為落下的是炸彈。

但是在展開防空砲擊之後，落下的流星就發出震耳的巨聲，改變方向。

白色的艾亞利茲燃起噴射器，立刻向左右散開。

防空砲擊完全跟不上速度。

特列斯機順著城市外圍，將敵方陣地個個擊破。精采得就像是在表演優雅的舞步一般。

另一方面，傑克斯則在城市中心帶上空找出司令部及主要碉堡，並將位置通知給露克蕾琪亞及伊滋米。

幾乎同時間，白色特拉哥斯身上便發出了足以用難以計數來形容的遠距離砲彈，且彈著點正確無誤。

傑克斯機與特列斯機均未中彈。基本上，兩人的直覺已經非常人能比擬，當然是立刻就察覺到砲彈接近而迅速迴避了。

爆炸聲、爆風、瞬間的寂靜、混濁的空氣、撼動的大地，兩人在感受種種現象的同時與敵人戰鬥及迴避砲彈。

在緊張的戰場上，人類的五感將會變得異常敏銳，這點在年紀尚幼的少年身上更是如此。

要是懷著特列斯所說的「猶豫」，那麼這種感覺將會化為「膽怯」，反而無法避開危險。

將自己徹底置身於生死之間，一旦準確抓到目標，對方將化為光點而成就精確的命中率。

在白色特拉哥斯的砲擊下，城市各處發生了爆炸現象，周遭完全籠罩在沙塵及煙霧之中。

這時，破壞城牆的兩架白色里歐便衝進城市內部。

叛亂軍嘗到了極致的混亂滋味。

就算想要反擊，也因為幾乎所有武器都被破壞殆盡而作罷。

索拉克及艾爾維沒有怎麼攻擊，就在幾近不受抵抗的情況下到達中央司令部。

對於肉身的人類而言，這般令人聯想到白色巨神的兵器出現，感受到的除了恐怖就沒有別的了。

當後方的特拉哥斯以空浮形態來到這座城市時，叛亂軍已經舉起白旗投降。戰鬥果然是速戰速決。

傳令走進聯合國軍統合總部的會議室。

傳來的是摩加迪休的戰況報告。

邊迪中將看著手錶，一副「你們看吧」的表情說：

「果然光靠ＭＳ部隊不行嘛。是來申請海軍支援的吧？」

「不是，摩加迪休攻略行動結束了。報告上說任務全數達成。我方無任何損失！敵方無人死傷！百姓無人死傷！叛亂軍全數投降！」

「什麼……！」

邊迪中將情不自禁地站了起來。

一副難以置信的表情。

「ＭＳ部隊的戰力有多少？」

諾邊塔上將冷靜地提問：

「我大略推算，這樣出色的戰果，就算是六十架也嫌少了。我們有配給維多利亞湖基地這麼多架ＭＳ嗎？」

凡恩露出會心一笑說：

「根據特列斯‧克修里納達教官的報告，是僅有六架的ＭＳ小隊。當然，駕駛人員也是僅僅六個『小孩子』而已。」

「而且，所有人都未經歷過戰鬥。」

奇利亞准將心滿意足地補上一句。

特列斯與傑克斯出了各自的艾亞利茲，站在摩加迪休的地面上。

從印度洋吹來的風，為這接近赤道的地方帶來微微的冬意。

太陽已經從水平線升起。

「黎明了……」

「是。」

「這就是我們應該要歡迎的吧。」

「新戰爭時代揭幕——」

傑克斯仰頭看著白色的機體說：

「——如果是這層意義，那就不能歡迎了。」

里歐及特拉哥斯上的駕駛員也分別下了駕駛座。

「嗯……為這些學生著想的關係，結果我們可能打得太過頭了。」

「不過我也是教官的學生。」

「呵，你不一樣啊，傑克斯……」

特列斯盯著傑克斯的眼睛說：

「你是我的朋友，米利亞爾特。」

傑克斯感到一陣寒意。

四年前，他決定隱藏自己的身分向聯合國軍報仇。他以為沒有人發現，自己就是已經滅亡的山克王國王子：米利亞爾特．匹斯克拉福特。

「你是什麼時候發現的？」

「從我去年來到維多利亞湖基地的時候。」

「為何？」

「嗯，為什麼會發現呢……或許是臉龐還帶著稚氣的你，居然淚水就已經凍結

的關係吧。」

確實，從四年前起，傑克斯就不再流淚。

「你也一樣嗎，特列斯教官？」

特列斯沒有回應這問題。

他並不認同報仇的想法。

「不，毋寧說……」

特列斯看著走近他們的四名預備生……

「那個面露不忍的露克蕾琪亞．諾茵預備生還比較接近我內心也說不定。」

如此說道。

「露克蕾琪亞……」

其他預備生都因為勝利而露出歡喜的笑容，唯有露克蕾琪亞的眼眶泛著淚水。

傑克斯感到驚訝地問：

「妳怎麼了，受傷了嗎？」

「不，不是的。」

「因為教官跟傑克斯都平安，心情放鬆的關係吧？」

總是活力十足的索拉克預備生半開玩笑地說。

「也不是，只是……」

露克蕾琪亞擦掉眼淚，露出堅定的表情，引以為榮地開口：

「我討厭戰爭。」

後來，統一聯合國軍便將摩加迪休作為連接歐洲大陸及非洲大陸的重要據點，在此建立了強大的要塞，並配備冠上諾邊塔上將名字的巨大光束砲「諾邊塔砲」。

顯見聯合國軍高層仍然不願承認ＯＺ特務部隊的功績，而露出了這近乎捉弄的態度。

無論如何——

讓人戲稱玩具軍隊的特務部隊，其首戰便成功地達成了革新聯合國軍日後的指揮系統，以及包含了ＭＳ在內的兵器運用方式，還有其他各式後方支援與補給站組織體系的成果。

不，或許可以說成功過頭了。

因為我們足以說明，特列斯與傑克斯所說的「新戰爭時代揭幕」，就是基於此一戰的成功之上。

AC-186 SPRING

在這場摩加迪休攻略行動之後，聯合國軍便將ＭＳ當作主要兵器運用，理由是這可確保前線士兵的生命。顧及高層的立場，這也是必然的趨勢。

但是不管敵方還是叛亂軍，也都立刻倒向了這叫作ＭＳ的兵器。僅僅數個月，世界各戰場上就漸漸看得到ＭＳ戰。

接著，這大舉湧現的ＭＳ需求，又為羅姆斐拉財團帶來巨大的財富。

位在月球「風暴洋」上的馬里烏斯工廠由羅姆斐拉財團經營管理，而此地也是立下成功開發出各式各樣兵器及縮小融合爐等成果，有著最先進技術的工廠。

里歐、艾亞利茲、特拉哥斯等ＭＳ自然也是在這工廠生產的。

工廠在這數個月間不眠不休地運作，不斷生產ＭＳ。即使如此，訂單仍然絡繹不絕，只增不減。

並且也出現了開發新型ＭＳ的需求。

海軍希望開發新型的水中戰用ＭＳ「派西茲」，而宇宙軍也催促儘早完成通稱「奇美拉」的物資運輸船護衛用的初期型宇宙里歐（里歐Ⅱ型）。

就數量計算而言，就算沒有運作到如此程度，也應該符合聯合國軍的ＭＳ配給量了。

但是潛藏在聯合國內部的叛亂軍臥底卻大量外流ＭＳ。

此外，在將數百架ＭＳ運送到地球時，也常常發生只有一架「奇美拉」來攻擊，就把整艘運輸船奪走的海盜行為。

因此就算是馬里烏斯工廠日以繼夜，二十四小時整天運作，市場上也還是呈現MS不足的狀態。

於是月面工廠的數量四處擴增，而工廠的面積與規模也變得更大。

這時候——

地球圈的經濟活動便逐漸倚賴製造MS及其武裝的生產工程上，如此說法一點也不為過。羅姆斐拉財團也確實掌握了龐大的資金。

財團內部因此相當讚賞克修里納達家這對兄弟，認為他們是這件事的功臣。尤其弟弟凡恩為了提高月面工廠的工作效率，還著手規劃了自動化、縮短勞動時間，以及大幅增加輪班人員等改革工作，收益因此更進一步增加。

於是，凡恩·克修里納達雖然年僅十三歲，就受到擁戴而成為財團的中心人物。

當凡恩一站上代理財團代表的副理事這種名稱微妙的地位時，他便以無比財力為後盾，收攏政治方面的夥伴。接著除去原來財團沿襲至今的陋習及慣例，一掃王公貴族的既得利益，徹底地匡正了政治上的腐敗及瀆職情況。

這當下，雖然克修里納達家的主人芬戴特已經不問世事，但常常接到因凡恩而蒙受損失的王公貴族的訴苦。

「看在以前的情分上，幫點忙吧。」

他們會說諸如此類的話。

然而凡恩完全不聽從芬戴特的話，絲毫沒打算退讓。

一方面，芬戴特本身也不喜歡那些以前看扁自己的王公貴族。

即便如此，來訴苦的人仍舊連綿不絕，使得芬戴特對任何事都感到心煩意亂，便將一切都交給特列斯及凡恩，自己逃去L-1殖民地群的醫療型殖民地。

這裡設有照顧老人的特別設施，而妻子安潔莉娜正在不同地區住院治療，雖然如此，芬戴特這個人卻從來沒有去探望過。

凡恩．克修里納達在聯合國軍總部也強硬地展開了與財團一樣的改革工作。他著手摘掉那些讓人取笑為已經老到發生動脈硬化的官僚作風老將。

聯合國軍總司令位置由身任元帥的奇利亞．卡塔羅尼亞准將坐鎮，並給予ＯＺ特務部隊在戰場上不論何時都可以獨立行動的特權。特務部隊的統帥由奇利亞兼任，但實際上當作特列斯．克修里納達占有此地位亦無不可。

不把「年輕」看作不成熟，而是「純潔潛力」的話，凡恩．克修里納達也唯有這時候才能完成這般可稱作是明斷至極的改革工作吧。

凡恩在各方面都幾乎公平地分配了財團的財富，以此更堅固地促使內部團結。

可是特列斯任職的ＯＺ則屬特例，財團分配了龐大的組織營運資金給ＯＺ。

能夠好好運用財團收入重心所在的ＭＳ的，毫無疑問就是他們。因此沒有人敢對這金援策略表達意見。

半年的時間內，凡恩的改革就幾乎都上了軌道。

當然周遭也有人反彈，認為太過急躁，不過此時克修里納達家在羅姆斐拉財團內擁有無比實力，持不同意見的人只會成為少數派。就算原本地位穩固，但只要持反對意見，最後都會遷為閒職或是罷黜，整個體系已經變化得如此徹底。

凡恩・克修里納達為什麼要這樣大幅度進行改革呢？

當時沒有人知道其內心的深意。

就完成體系這層意義而言，特列斯也一樣。

在還沒發生ＭＳ部隊交戰的情勢之前，聯合國絕對的軍事力是無可撼動的。

特列斯提出的ＭＳ部隊戰術層級運用法深入各地，幾乎所有紛爭及內亂都得以在類似首戰成果的情況下結束。

然而，叛亂軍也跟著建立了ＭＳ部隊。一旦形成ＭＳ戰，那麼戰術就有更多變化，也更加複雜。

特列斯每次一想到新的戰法，就毫不保留地向聯合國軍的參謀提出指示，並利用收集回來的資料，再進一步規劃戰術。

而身為維多利亞湖基地教官的他，自然也會教導這些新戰術或有效的戰法給底下的預備生。

此外，還以模擬戰來應用及實踐戰法，訓練學生自己動腦思考。

在持續訓練之下，將可以累積到等同於實戰的經驗，確實培育出優秀的人才。

自己設想該如何行動！

為了後進的士兵著想！

特列斯要求學生徹底實行這兩句口號。

不論之後的傑克斯．馬吉斯，或是成為維多利亞湖基地教官的露克蕾琪亞．諾茵，都在這時的訓練中吸收到這兩句口號。

這兩句相信是最有意義的話了。

而這點便是聯合國軍ＭＳ部隊與ＯＺ特務部隊的一大不同之處。

AC-186 SUMMER

原本戰術、戰略就沒有定策，重要的是如何將過去留下的戰史、軍事理論、戰場分析等資料化為知識再三咀嚼，再昇華為自己的東西而付諸實踐——特列斯教官在維多利亞湖基地的教學中這麼說過。

他還補充：正因為如此，就算是ＭＳ戰成了主流的現在，仍必須先理解過去戰鬥行動的原理及原則，從中不斷地規劃出新的戰術計畫。

值得一提的例子是別名叫作「第一次月面戰爭」，兩方以ＭＳ大舉會戰的「Ocean of Storms WARS（風暴洋會戰）」。

這場戰爭的起因，就是在馬里烏斯工廠工作的工人發生暴動。

即使在凡恩的努力下完成了縮短工時的改革工作，但長期滯留在月球的不滿仍然達到了忍耐極限。

對人類而言，在重力為地球六分之一的環境下，一開始還能平靜以對。然而一旦超過一個月就會累積精神壓力，不管是睡眠還是休息都完全沒有幫助。

這對於廠長或是管理者而言當然也一樣。他們無心去理解如此極端惡劣的工作環境，也不和勞方坐下來好好對話。

管理方與勞方的對立益發激烈，終於引起發端於融合爐事故的罷工，以及示威遊行活動。

這時候如果管理方能坐下來與勞方對談，弭平雙方的問題，事情可能就不會發展得如此嚴重吧。

然而那些無能的管理者卻向駐紮在月球「寧靜海」的聯合國宇宙軍請求平息風波。

聯合國宇宙軍為了討好羅姆斐拉財團，於是全力以赴，派出三架奇美拉（里歐

Ⅱ型），以武力鎮壓示威遊行的勞工群眾。

於是，受到激怒的勞工便坐上他們自己才剛生產的十架新型奇美拉（里歐Ⅲ型），前去攻擊並順利擊破聯合國軍的奇美拉。

或許是科技日新月異之故，勞工所駕駛的剛出廠新型奇美拉（里歐Ⅲ型），比起軍方所駕駛的舊型奇美拉（里歐Ⅱ型）還要優良。

而這些勞工駕駛的奇美拉數量多於聯合國軍，也是他們在形勢上能立於優勢的原因之一。

此外，或許也因為每天在做組裝工作的勞工，對於機體的感情會比以戰爭為業的職業軍人要深。

結果情勢就演變成這些勞工占領了馬里烏斯工廠，而聯合國軍及管理者都全部被趕出工廠。

於是反聯合國軍的反抗組織便開始陸陸續續向如此變化的馬里烏斯工廠匯集。

特別是最靠近月球的L-1、L-2殖民地群，隨時準備伺機而動的叛亂軍殘黨挾持了太空船，組成人數約數十名的集團進入。

他們不需要武器，就算是空著手過去，也可以在當地得到最新型的奇美拉。工廠一週內可以量產出十架MS，僅僅兩個月就可以生出數量足以與月面宇宙軍匹敵的MS。

問題在於駕駛這些MS的駕駛員，當時已經有超過五十名恐怖分子及反聯合國軍的殘存士兵前往該處。再過不了幾天，就有百人的駕駛員而可以成立百架的奇美拉部隊。

「寧靜海」基地的月面宇宙軍正因此而大發雷霆。

「別開玩笑了！」

基地指揮官是密里昂．里德爾哈特將軍。

他是聯合國宇宙軍的總司令。

「月球會給叛亂軍拿下的！」

他立刻與聯合國統合總部的奇利亞元帥協商，以獲准出動所有的宇宙軍。

這時候，月面基地上的全部軍力，分別是宇宙戰用奇美拉四十架、高機動宇宙戰鬥機二十架、月面地上用特拉哥斯（特拉哥斯Ⅱ型）十架，以及可稱作是移動要塞的月面巨大戰艦「薩吉塔里烏斯」，及其姊妹艦「肯陶洛斯」。

密里昂將軍心中盤算的是，就算馬里烏斯工廠派出百架奇美拉來反抗，有這兩艘巨大戰艦就可以輕易獲勝。

這兩艘戰艦沒有飛行能力。

正確地說，這兩艘不算戰艦，甚至連船艦都稱不上。

那是以履帶移動，像是巨大戰車般的載具。但既然是要在月面上的海洋（實際上是匯集在隕石坑中的一大片岩石與沙石）航行，自然要叫戰艦了，這純粹是密里昂將軍單以個人興趣才如此稱呼的。

然而總長超過３００公尺的大小，配備二十五座２６０公釐三管式砲塔、兩門１３００公釐巨大光束砲、百座雙管式機槍，其形象確實威風八面。

據說其戰力相當於五十架的奇美拉及特拉哥斯。「薩吉塔里烏斯」與「肯陶洛斯」兩艦加起來就可以與百架MS抗衡。

「就算單純論數量也贏得了！」

AC時代最後的大艦巨砲主義信徒密里昂．里德爾哈特將軍如此相信。

值得一提的是，密里昂將軍在這時為了阻止海盜行為擴大，還規劃了可航行宇宙的攻擊航宙艦「宇宙戰艦建造案」。

過去雖然有宇宙運輸艦，但還沒有宇宙戰艦之類的船艦。因為不管是聯合國軍還是ＯＺ，都認為沒有必要建造。

會這麼想也是理所當然的事。因為在過去的歷史中，從來沒有發生過以宇宙為戰場的會戰（海戰）。

無論宇宙戰艦還是宇宙艦隊，都是遙不可及的夢，只出現在虛構的世界內。

雖說如此，密里昂將軍仍為了實現他的夢想而著手執行計畫。

「宇宙戰艦建造案」後來是委託給科西嘉島基地內的技術人員，也是開發噴射器的第一把交椅，麥克．霍華博士設計。其名稱已經確定叫作「萬年和平號」。

表面上的意思雖然是「為人人帶來和平」，但是終究讓人認為他在沽名釣譽（註：日文「萬年」及「密里昂」的發音相同）。

在後來，的確成功地讓人將此級別的巨大戰艦稱作「萬年和平號」級宇宙戰艦。

只是這艘戰艦完成的時間是在AC192年，也就是距當時的六年後。

負責設計建造的霍華太過執著在推進引擎上。他因為想要有可以航行到太陽系外這種不必要的能力，使得建造工程遲遲無法進展，因此直到密里昂將軍去世，他都未能親眼看到這艘以自己名字命名的船艦。

之後米利亞爾特・匹斯克拉福特與霍華曾一同坐上此艦。再後來，則有那幾個鋼彈駕駛員將此艦當作是用來補給及整備他們所駕駛MS的航空母艦。

地球上的聯合軍統合總部為了想辦法讓激動的密里昂將軍冷靜下來，花費了不少的心力。

羅姆斐拉財團底下的馬里烏斯工廠受到其勞工及反聯合國軍占領，自然是必須馬上處理才行。

然而問題就在於密里昂將軍的個性。

這個人以大艦巨砲主義聞名，想必是打算用月面戰艦的巨大光束砲將整座工廠一口氣摧毀。將敵方的奇美拉部隊趕到外面之後，再展開大時代般的月面決戰。

「這種方式……」

搶先在面露苦色的諸位將軍之前發言的是凡恩・克修里納達。

「就戰略眼光來看，並不算是勝利。」

他冷靜地提出自身的判斷。

「我們原本目的就是要搶回馬里烏斯工廠。不管是敵方還是我方，一旦工廠遭到破壞，就等於是我們輸了。」

「凡恩先生，憑著羅姆斐拉財團的財力，隨便都可以重新蓋出一、兩座月面工廠吧。」

總是與凡恩處於對立立場的邊迪中將如此發言。

「我們財團的財力，可沒有寬裕到將收支花費在無能的軍人上呀。」

「那你有其他有效的解決方案嗎？」

「已經讓特務部隊立刻趕往當地了。要請里德爾哈特將軍先不要開戰。」

「這段期間，敵方的兵力可是會再擴增的喔。」

諾邊塔將軍就現狀提出了實際看法。

一星期就會增加十架奇美拉。

特列斯要從維多利亞基地飛上月球，做好開戰準備，最少應該也會花上七天。

算起來，敵方將會有一百一十架的新型奇美拉備戰。

其數量將優於己方。

「原本贏得了的仗，會因此而輸掉。」

「……、……」

凡恩沉默不語。

馬里烏斯工廠內有重要的資源礦脈，這是羅姆斐拉財團的機密。

這座工廠以前是「風暴洋」內叫作「馬里烏斯丘」的地方，地下有個通到地底岩漿隧道的縱穴「馬里烏斯丘大洞」。

在那裡可以採收用於MS絕大部分裝甲及驅動部位的新鈦合金（又稱月鈦合金）。

而雖然淬鍊合金工程還沒有成功，但全新的「鋼彈尼姆合金」就快要完成了。

（鋼彈尼姆合金完成的話，MS將會是更完美的兵器。）

凡恩看向總司令奇利亞元帥。

（請千萬要守住那個地方。）

眼神帶著懇求。

奇利亞元帥輕輕點了點頭。

「我同意在密里昂·里德爾哈特將軍的指揮下，出動月面基地的聯合國宇宙軍。」

「這怎麼可以！」

奇利亞制止想要站起身來的凡恩，繼續說：

「但是不准使用『薩吉塔里烏斯』及『肯陶洛斯』兩艘戰艦。」

「元帥，這樣太委屈里德爾哈特了！」

溫厚的諾邊塔這時聲音也大了起來。

「要是沒有『薩吉塔里烏斯』及『肯陶洛斯』，他們的戰力就只剩下ＭＳ跟戰鬥機而已了！」

「敵方將在數量上占盡優勢！」

「這等於是叫他們去送死啊！」

激動的將軍接二連三出言反對。

「正如同方才凡恩先生所言，我們的戰略目的是搶回馬里烏斯工廠，各位可不要忘了這點。」

奇利亞元帥眼神銳利地表示：

「要是允許使用巨大戰艦及巨大光束砲，那麼工廠肯定會蒙受極大的損害。」

「那麼，我希望禁止使用巨大光束砲也就夠了。畢竟在戰場上死的不是我們，是那些士兵啊。」

諾邊塔上將為部下著想的態度足稱高尚，而這正是此男子的優點，因此他得以集下士官以下軍士的尊敬於一身。

「嗯……」

奇利亞元帥心中為這折衷方案頓時動搖了起來。他也是個重情義之人，並非冷酷的軍人。

「這也不是不能列入考量……」

「請慢著！」

凡恩按捺不住，站起身來。

「也必須顧慮到里德爾哈特將軍失控的危險性啊！」

這時候，以宇宙軍戰術助理軍官身分與會的塞普提姆少校開口插話。

他在數個月前調為地球勤務，以聯合國統合總部內的參謀身分坐在末座上。

他的立場原本是不可以發言的。

「凡恩先生，就戰術考量的話，如果能派出『薩吉塔里烏斯』及『肯陶洛斯』，可想見敵方也不會立刻就從工廠出兵。也就是說，雙方將會呈現膠著狀態，而有可能形成持久戰，不是嗎？」

「持久戰？」

聽到這個字眼的凡恩愣了一下。

若能爭取到時間，說不定特列斯帶領的特務部隊就來得及到達。

「好吧。但是不可以使用巨大光束砲，這是絕對條件。」

凡恩妥協了。

這場會議的結果就是全面開戰。出動全宇宙軍的命令，立刻就傳達給月面基地上的密里昂將軍。

然而，不論就戰略或者戰術而言，這種妥協策略或是折衷方案都是不可行的。

——你們可以帶武器出去，但是不准使用。

這就像下了如此的命令一樣。

如果奇利亞與凡恩可以堅定自己的態度，那麼密里昂將軍應該就不會亂攻擊一通，而能夠演變成持久戰才是。

而且，要是將行動明確地定下「馬里烏斯工廠收復行動」的名稱，那不管是目的面還是操作面，肯定就會貼近這項戰略目標。

以戰術分析而論，事實上根本沒必要打倒敵人。戰爭並非只有流血而已，理論上也是可以採政治手段的交涉來爭取時間。

妥協或是退讓，大概就只是在會議室發生的修辭行為而已。除了帶給戰場上的士兵困擾之外，沒有別的好處。

奇利亞與凡恩在這時候的誤判，結果堪稱是致命傷。

但是這兩人身處在因為半年來的改革措施而形成的慢性疲勞氣氛中，沒有人有力氣去指責這件事。

密里昂將軍在接到命令，並讀到最後一行之後，盛怒到用力打破了螢幕。

『但是，不允許使用「薩吉塔里烏斯」及「肯陶洛斯」兩艘戰艦的巨大光束砲。』

密里昂氣得咬牙切齒，眼光泛紅。

「叫我不可使用光束砲？地上那些人在作什麼春秋大夢啊！別開玩笑了！」

他完全不打算遵從這道命令。

（依現場判斷，有必要就射擊，這是理所當然的啊！）

他心裡這麼想。

對此感到不妥的密里昂的副官，這時出言安撫：

「可是將軍……這是統合總部的命令。」

「全員作戰預備！ＭＳ隊及『薩吉塔里烏斯』、『肯陶洛斯』出動！」

不等對方說完，密里昂就下了命令。

同一時間，維多利亞湖基地的特列斯．克修里納達也接到行動指示。

或許聯合國方只剩下他是冷靜的了。

特列斯像是在講給窗外的滿月似的說：

「這次的行動要有所覺悟了。」

覺悟自己可能會死。

覺悟有人會死。

不管是敵人，還是我方。

「宇宙的戰鬥與地球上的差異太大了……」

隊上新配備的最新型機，是進一步改良了宇宙戰用里歐「奇美拉」而成，俗稱「格萊夫（里歐Ⅳ型）（註：格萊夫為德語發音，意思為獅鷲獸）」的機型。

隔天凌晨，特列斯就帶領著塗裝成白色的二十五架「格萊夫」，及二十四名優秀的預備生，坐上大型運輸船飛出地球。

想當然的，在這二十四名預備生之中，也包含了參加過摩加迪休的傑克斯、露克蕾琪亞、伊滋米、索拉克及艾爾維等五人。他們這次每人底下都配有三到四人的預備生作為下屬。

特列斯要他們做跟自己所做一樣的事情。

畢竟實戰經驗的有無仍會大有不同。

他要教給他們的，就是這是「為了後進的士兵著想」的戰士義務。

在馬里烏斯工廠指揮的人是屬於反聯合國軍殘黨，名叫阿爾緹蜜斯・瑟帝奇的消瘦中年女子。

當ＡＣ１９５年，白色獠牙起兵造反時，擔任前線指揮官的瑟帝奇上校，就是這位阿爾緹蜜斯的兒子。

這個與月亮女神同名的名字，極有可能是她的名號。她年紀大約三十來歲，美貌無比。雖然身處盡是男人的工廠中，卻有著令他們不敢靠近的威風。同時她的思慮清楚，發揮出不凡的統御力。跟「阿爾緹蜜斯」這名字相當匹配。

「我們得到聯合國宇宙軍開始行動的情報。現下我們必須團結一心，好讓他們見識到我們宇宙革命的決心。」

她是個有著優秀軍事家才能的指揮官，身懷如有神助般的直覺，還有像明月似的冷靜。

「我方的戰力可是有百架奇美拉！從中以十架為一個單位編成八個部隊，再以五架菁英為一個單位編成四隊作為游擊隊，用兩層方陣圍住這座馬里烏斯工廠，達成滴水不漏的防禦。」

這個陣形是以十架為單位的部隊組成兩個正方形，合成八芒星的布陣方式。其中心則有四個五架一組的部隊再排成略小的正方形，當作守備的重鎮。

這種陣形稱作多重方陣，不管敵人從哪個方位進攻都能應對，是最適合防禦的陣形。〈陣形圖Ⅰ〉

在拿破崙時代，也有跟此陣形相似的步兵陣形。若是將ＭＳ當作步兵，就戰術而論可算是最好的陣形。

相對於此，聯合國宇宙軍採用的是稱為鶴翼陣的Ｖ字陣形，右翼及左翼的前端各配有十架高機動宇宙戰鬥機，兩翼中間則是各配上主力的二十架奇美拉，然後陣型中央的重鎮則是放進兩艘戰艦「薩吉塔里烏斯」及「肯陶洛斯」，兩邊再各以五架特拉哥斯鎮守。〈陣形圖Ⅱ〉

這陣形雖然傳統，但要是將特列斯的戰術拓展至大型部隊上運用，自然會是如此。以利於各單位活動，且符合重視機動力的ＭＳ部隊來說，這算是理想的布陣。

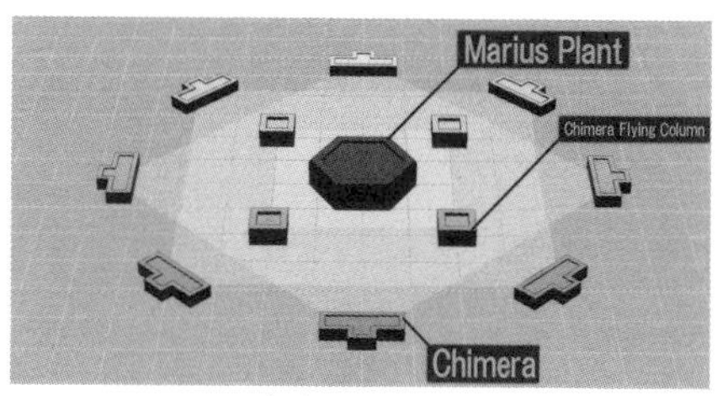

〈陣形圖 I 〉

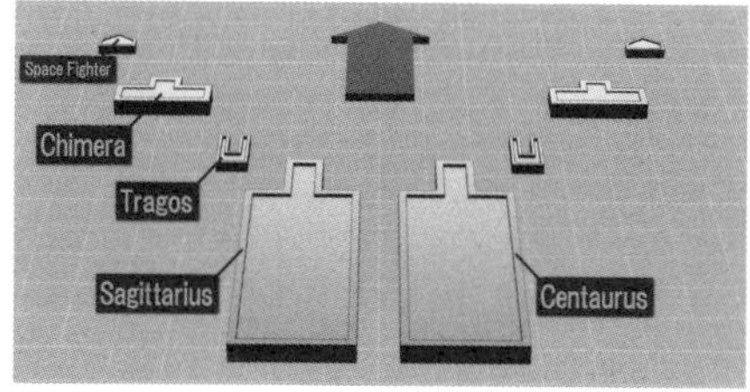

〈陣形圖 II 〉

雙方的戰術水準相當，但以戰力而論，絕對是聯合國宇宙軍有利。

單純計算雙方戰力比是100：170。

反聯合國方是100，而聯合國方則為170。

如果變成消耗戰，肯定會是聯合國宇宙軍獲勝。

只要「薩吉塔里烏斯」及「肯陶洛斯」坐鎮中心，對方就無法採用中央突破戰術。

密里昂要是保持此陣形緩緩前進的話，甚至還可能不用發射主砲的巨大光束砲就贏得勝利了。

但是──

阿爾緹蜜斯露出了淺淺的微笑。

「他們來了……」

這時候，她已經得知聯合國軍統合總部所下達，不准密里昂發射主砲巨大光束砲的命令——是其內部的臥底通知的。

「他們真的不會發射嗎？」

一旁的助理軍官問道。

「如果是你的話，會怎麼做？」

「有命令的話，就不會發射。」

阿爾緹蜜斯冷冷地笑了一聲說：

「是啊……如果是一般的指揮官，有這樣的戰力就已經足以獲勝了。」

說話口氣雖然溫和，眼神卻很銳利。

「可是，對方會發射。」

「為何？」

「…………」

阿爾緹蜜斯只是頭向著前方，緊盯住逼近的大批敵方部隊。

「何以見得呢？」

「因為密里昂．里德爾哈特將軍他……並不是一般人。」

密里昂將軍正坐在薩吉塔里烏斯的第一艦橋指揮官座位上，等待對手進入主砲射程內的瞬間。

「……別開玩笑了。敵人可是會像滾雪球一樣地擴增，我怎麼能坐視不管？」

在他腦袋裡的想像，「一週十架奇美拉」這句話就像是越變越多的老鼠或是蟑螂般令人覺得噁心。

就算在這個時候，他也想像著對方還在持續增加製造ＭＳ。

但其實在如此備戰情勢下，工廠並沒有運作。所以別說是十架，就連一架都沒有生產出來。

「居然叫我別使用主砲！」

就在這時，通訊官大聲報告：

「主砲能源填充完畢！」

「目標瞄準完畢！」

「僚艦肯陶洛斯來電，主砲發射準備工作已完成！」

「薩吉塔里烏斯，主砲發射準備工作完畢！」

「……別開玩笑了！」

古代希臘雅典的歷史學家修昔底德，曾經對導致開戰的源由提出三項要素，分別是「恐懼」、「利益」、「名聲」。

現在密里昂的腦袋內已經湊齊了這三項要素。

敵方會無限增加的「恐懼」。

絕對的戰力差距將損及我方的「利益」。

於大型會戰中得勝的將軍「名聲」。

「沒有哪個笨蛋會放過這麼好的機會！」

密里昂如此吼道。

「他是個笨蛋。」

阿爾緹蜜斯一針見血地分析。

「薩吉塔里烏斯、肯陶洛斯，發射主砲！」

「所有奇美拉部隊，散開方陣！」

雙方指揮官同時下達了命令。

薩吉塔里烏斯與肯陶洛斯的巨大雙管光束砲射出了直直的四條光束，飛向馬里烏斯工廠。

但是在這前一刻，一百架的奇美拉就同時散開，離開馬里烏斯工廠。

月球上的跳躍力是地球的六倍。

以足可用一瞬間形容的速度，奇美拉部隊跳向了上空，向左右擴散後，退往後方。

薩吉塔里烏斯與肯陶洛斯均正確瞄準了目標。

馬里烏斯工廠也消失得不見蹤影。

有幾架奇美拉來不及迴避，其爆炸波及了周遭，但傷害並不大。

「我就說了吧，他會發射！」

阿爾緹蜜斯坐在奇美拉隊長機內，在所有機體的上空，抱著感謝大家照著計畫執行的心情激昂地喊著。

「請所有奇美拉部隊開始第二階段的行動！」

第二階段的陣形其實也跟一開始一樣，是畫出八芒星的多重方陣。

不一樣的地方在於，其陣形間的距離寬闊了數十倍，而陣形的中心並非馬里烏斯工廠，正是宇宙軍。

這是將適合於防禦守備的陣形，轉為包圍殲滅的形態而成。

在開砲當時，薩吉塔里烏斯的第一艦橋正因為強烈的亮光而未能掌握情況。

密里昂將軍從指揮官座位上站了起來。

「報告戰況！」

他耐不住性子地咆哮。

因為想要儘早確定自己的獲勝。

然而報告內容卻不如預期。

「光束砲全數命中！不過敵方ＭＳ的損傷……」

「如何？」

「未確認到ＭＳ的戰力損傷！」

「怎麼可能！」

如果奇利亞元帥就在現場，可能早就大聲罵他「蠢貨」了。

而要是凡恩知情的話，也許當下就會替密里昂蓋下戰略完全失敗的烙印。

第一波行動中，聯合國宇宙軍可說是完全處於停止狀態。

或許可認定這就是致命關鍵。

首先是左翼的十架高機動宇宙戰鬥機被擊墜。前來攻擊的是有著兩倍以上戰力的二十架新型奇美拉。

接著，左翼的二十架聯合國軍方主力奇美拉遇上了敵方的四十架ＭＳ，被打到陷入無力再戰的窘境。

就像是大多數人類的體內基本動作是偏向右撇子那般，可知左翼會比右翼更容易受到攻擊。

敗退的這些奇美拉紛紛往右側逃竄，因而擋住薩吉塔里烏斯與肯陶洛斯的正面。

在這個階段，聯合國軍方已經喪失了機動力。

「你們給我閃開！」

密里昂將軍被逼得只能大聲嘶吼：

「再不閃開，我就輾過去！」

雖然薩吉塔里烏斯與肯陶洛斯可匹敵百架ＭＳ，但要是敵人呈散開狀態的話，就拿他們一點辦法也沒有了。

而且可怕的是，那巨大的身軀在面對ＭＳ時將帶來不幸。

有超過五十架的敵方奇美拉纏上了僚艦肯陶洛斯，在戰艦動力部位遭受集中攻擊後，引發了大爆炸。

肯陶洛斯再也無法動彈。

密里昂驚恐地看著如此情景。

這簡直就像是受到成群老鼠攻擊而倒地的大象。

「這……這怎麼會……」

在肯陶洛斯發生數次爆炸之後，薩吉塔里烏斯開始了撤退行動。

以ＭＳ交戰而言，這艘月面戰艦實在太過龐大。如果雙方都是戰艦，或許這種大艦巨砲主義的戰術運用還行得通。然而到了目前的宇宙世代，這種戰術完全派不上用場。

「……這些可恨的ＭＳ！」

密里昂只能咬牙切齒地怨道。

這時傳來了報告——

內容是目前位於最偏遠位置的我方右翼，十架高機動宇宙戰鬥機正遭到攻擊。

密里昂立刻就有了回應，他下達前往該激戰區發射主砲的命令。

「填充能源還要再等300秒。」

「射程夠的話，就發射砲彈攻擊！」

「距離不夠！」

是過早的撤退行動引發了如此狀況。

「不用管！不能讓他們稱心如意！」

即便如此，聯合國方的宇宙軍仍在奮勇作戰。

右翼部隊死命地戰鬥，抱著就算錯殺也不惜的覺悟擊破對手。

「暴風洋」的戰場上，情勢已經演化到接近消耗戰的局面，叛亂軍的新型奇美拉數量也在減少中。

目前雙方的戰力比為80比75。

反聯合國方是80，聯合國方則為75。

但這是把薩吉塔里烏斯當作50計算所得的數據。

實際上是80比25。

聯合國方處於絕對不利的情勢。

而狀況越演越烈——

阿爾緹蜜斯帶著數名士兵，僅以肉身潛入薩吉塔里烏斯的第一艦橋內。

他們要從內部破壞。

這與其說是反聯合國軍，不如說是反抗組織的常用手段。

很快地，他們就朝著天花板亂射手上的機槍。別說是密里昂，要是有人在現場的話，想必也會覺得驚恐萬分吧。

「請舉起雙手。」

阿爾緹蜜斯露出迷人的笑容。

「要是有人敢做出什麼不軌的動作，別怪我不留情地立刻開槍。」

然後眼神散發光彩地說道。

「暴風洋」會戰的戰鬥就此收斂，回歸寂靜。

這場戰鬥經過二十四小時的時間，月球繞了地球一圈。

密里昂．里德爾哈特投降，而失去指揮官的聯合國宇宙軍ＭＳ隊，則是撤退回「寧靜海」的基地。薩吉塔里烏斯就此落到叛亂軍的手中。

已經形同報廢的肯陶洛斯成了俘虜收容所。

威風凜凜的月面戰艦，下場竟是如此可悲。

昔日戰略思想家先導的卡爾．馮．克勞塞維茨所發表的《戰爭論》中提到，戰爭的本質就是決鬥的擴大行為，是延伸自政治外交的手段之一。

勝利所帶來的，將會是勝利者要求的理想世界。

勝利者可以命令敗者順從，也可以強迫他們和平。

要是能保證永遠都安分守己，那也可以定奪就此停戰。

這就是發生在過去歷史中的戰爭結束方式。

當雙方流夠了鮮血，就容易走向停戰，彼此坐下來在和平的會議桌上協商。不過要是未能走到這一步，就只能再繼續交戰。

雖然反聯合國軍與勞工所希望的都只是自由與解放，但他們彼此之間還是有著微妙的差別。

勞工認為已經不需要再戰鬥了，反聯合國軍及反抗組織卻表示，應該要即刻前去徹底地掃盪殘存的聯合國宇宙軍。

他們沒有結論，不斷陷入爭執。

指揮官阿爾緹蜜斯一旦進入這種政治的議論場面，就會立刻沉默起來。

她是名徹頭徹尾的軍人，是只對作戰行動有興趣的軍事家。

如果她能說出一句像是「和平交涉」或是「徹底抵抗」之類的話，或許就能了結一切。然而直到最後，她都完全沒有說出這類的話。

在雙方意見未能整合之下，使得運氣轉向了聯合國軍方，特別是正朝向月面基地進發的特列斯．克修里納達身上。

會戰結束的兩天後——

搭乘著特列斯以及其二十四名下屬的大型運輸船，載著二十五架「格萊夫」抵達了L-1殖民地群的中繼站太空機場。

此地仍在戒嚴令中，使得完全沒有來自一般太空船的下機旅客。

唯一的例外，是從其他月面工廠前來避難的人。

幾乎所有人都是從馬里烏斯工廠開始發生叛亂的這幾天來避難的。當下只有四個人從太空船走下來。

特列斯沒有注意他們，只是在一旁漠然看著。

其中三人是一家人。帶著一位年紀大約六歲，沉靜穩重的男孩。

另外一人則是將帽子壓得低低的男子，拿著不搭調的中提琴樂器提箱。

這時候特列斯並未發現，但也無從得知，這名男子正是殺了他的舅公希洛・唯，以及父親艾因・唯的亞汀・羅。

這名男子目前並不隸屬於OZ。

這幾年做的都是接案子的特務工作。

因此他並不知道有特列斯這個人，以及特務部隊這個組織存在。

亞汀就這麼筆直地經過特列斯的面前。

他有稍稍將視線瞥向特列斯這邊。

兩人的目光在一瞬間對上。

特列斯對於亞汀露出的神情感到詫異。

不過他並沒有對此多作猜測。

（現在得盡力掌握月面的狀況，沒有心思顧慮其他的了……）

他心裡面只想著這件事而已。

（長得好像希洛跟艾因……不，應該是想太多了。）

亞汀心中如此想著。

由於注意力分散，他沒有留意到有個男孩正蹲在腳邊。

「喔！」

他一腳撞到男孩，使得身子一陣踉蹌。

雖然沒有跌倒在地，但擔心可能把孩子撞痛了，於是他立刻道歉。

「對不起，有沒有受傷呢？」

「…………」

男孩不發一語。

「——！」

孩子的母親走了過來。

「真是不好意思。」

「沒關係……」

亞汀輕輕拿下帽子，稍稍點頭示意後就離開了現場。

母親牽起男孩的手。

「你沒事吧？有哪裡會痛嗎？」

母親似乎看到有地方髒了，便輕柔地動手幫忙拍掉。

「東西掉了。」

那是月面工廠的徵人廣告傳單。

「謝謝，可是這已經不需要了。」

「是喔……」

「因為我們不去月亮姊姊那邊囉。」

「…………」

「來，我們走吧。」

「嗯……」

這是再尋常不過的光景。

特列斯看著這對母子的互動，就像是看到從前的自己和母親。

（也好一陣子沒去看母親了……）

安潔莉娜目前正在L-1殖民地群的醫療地區住院。

（但是也空不出時間過去探望……）

想到這裡，他感慨地深深嘆了一口氣——

MC-0022 NEXT WINTER

我悚然心驚。

於是脫下了虛擬眼鏡，注視著冷凍艙上的檢視窗。

「睡美人」已經快要甦醒。

代號：「希洛·唯」。

他的臉孔，和我方才看到的男孩極為相似。

（那孩子會變成希洛嗎？）

「解凍完成……」

張老師按下冷凍艙的開關鈕。

「總算好了啊！」

迪歐這麼說著，跳了起來，興高采烈地盯著冷凍艙的方向看。

然後小聲唸了一句：

「要麻煩你照顧囉，前輩……」

神父的臉上仍然堆滿笑意，靠近到散發出水蒸氣的冷凍艙旁。

「嗨，希洛！」

聽到如此叫喚的少年，睜開他清澈的雙眼。

那眼神……果然沒錯。

跟那男孩的眼神一模一樣。

「你一點都沒變呢。」

神父親熱地笑著說。

希洛冷淡地低聲回答：

「你也是啊，迪歐……」

聲音，非常冰冷——

《第二集待續》

後記

在橫濱楠町一家叫作「VOYAGE」的優雅法國餐廳內，不知為何擺設了等身大的尤達（註：電影《星際大戰》中的重要角色）和幾件鋼彈商品。剛開始去那家店的時候，還只有擺出《SEED》的鋼普拉而已，現在則有托爾吉斯跟死神鋼彈等機體在餐廳的一角點綴裝飾著。我曾經在這家店和人討論過幾次關於這本小說的事宜，並在那時候給過店家鋼彈的商品，結果不知不覺就出現這樣的狀況了。我覺得很過意不去。不過即便如此，也依然無損整家店給人的雅緻優美氣氛。我想這都是因為堺店長的概念設計相當完美之故。除此之外，店內員工自然也都很優秀。柏柳主廚所烹調出來的料理堪稱絕品，調製雞尾酒的操舵手鳥居，不管客人提出多麼複雜的要求都能夠應付自如。

事實上，這本小說也是同樣道理。如果只有我一個人是絕對完成不了的。我深深覺得，這畢竟還是要歸功於富野導演創作的鋼彈原型，還有池田導演為《W》所做的完善基礎設計。我還得到許多優秀成員的幫忙，在後面支持著我，才得以開始連載，最後匯集成您手上的這本小說。此外，我也打從心裡感謝在一旁為我加油打氣的鋼彈W的粉絲們，以及各位肯賞光給我的新讀者。謝謝你們。雖然還有很多話想說，但請恕我先在這裡擱筆，留到下集繼續說——

隅沢克之

新機動戰記鋼彈W
冰結的淚滴

1 贖罪的旋舞曲（上）

作者	隅沢克之
插畫	あさぎ桜（角色繪製）
機械設定	KATOKI HAJIME 石桓純哉
原案	矢立肇・富野由悠季
協力	中島幸治（SUNRISE） 森江美咲（SUNRISE） 高橋哲子（SUNRISE）
宣傳協力	BANDAI HOBBY事業部
顧問	富岡秀行
日版裝訂	KATOKI HAJIME
日版內文設計	土井敦史（天華堂noNPolicy）
陣形圖	八木寛文（旭Production）
日版編輯	角川書店 石協剛 財前智 大森俊介 長嶋康枝 森本美浪

Kadokawa Light Novels

機動戰士鋼彈UC 1~10（完）

UNICORN

作者：福井晴敏　插畫：安彥良和、虎哉孝征

在可能性的地平線彼端，衝擊性的發展——
嶄新的宇宙世紀神話，在此堂堂完結！

受「獨角獸鋼彈」導引的漫長旅途終於走到盡頭，巴納吉和米妮瓦總算到達「拉普拉斯之盒」所在地。他們意圖將真相傳達給大眾，然而假面之王弗爾・伏朗托再度阻擋在他們面前。如今，圍繞「盒子」的一切恩怨糾葛，即將面臨清算的時刻……

各 **NT$180~200/HK$50~55**

Kadokawa Light Novels

魔王勇者

③聖鍵遠征軍　作者：橙乃ままれ

まおゆう 魔王勇者

魔王勇者 1~3 待續

作者：橙乃ままれ　插畫：toi8、水玉螢之丞

顛覆傳統小說公式！
魔王與勇者攜手挑戰社會結構！

在忽鄰塔幾乎一面倒的狀況下，魔王即將面臨與人界全面開戰的處境。雖然在火龍大公的妙計之下得以暫緩出兵，但是魔王卻突然遭受暗殺！另一方面，王弟元帥與教會所打造的戰爭利器——火槍也將在戰場上掀起一股腥風血雨……

台湾角川

各 NT$220/HK$60

Kadokawa Light Novels

STRIKE WITCHES

強襲魔女2 1~2（完）

作者：南房秀久 原作：島田フミカネ&Projekt Kagonish 插畫：島田フミカネ、上田梯子

為了讓那個力量能夠守護更多人——
「強襲魔女」的故事在此迎接最終高潮！

在各個領域發光發熱的強襲魔女，最受歡迎的電視動畫版第二季在此小說化！大家熟悉的角色宮藤芳佳、坂本美緒等人，再次為了迎戰涅洛伊展開令人為之驚訝的大活躍。為了守護更多人，無論是在世界各地，強襲魔女都在奮戰！

各NT$160/HK$45

Kadokawa Light Novels

STRIKE WITCHES

強襲魔女 劇場版 想要返回的天空

作者：南房秀久 原作：島田フミカネ&Projekt Kagonish 插畫：島田フミカネ、飯沼俊規

大受歡迎的劇場版在眾所期待下小說化!!
吃去魔力的宮藤芳佳再度前往歐洲——

在先前的大戰失去魔力的宮藤芳佳返回故鄉，以當上醫生為目標努力求學。此時名為服部靜夏的魔女帶來派赴歐洲的留學命令。為了學習最先進的醫學，芳佳與靜夏一同從橫須賀出發，然而目的地歐洲再次出現涅洛伊。大受好評的劇場版小說化!!

NT$200/HK$55

Kadokawa Light Novels

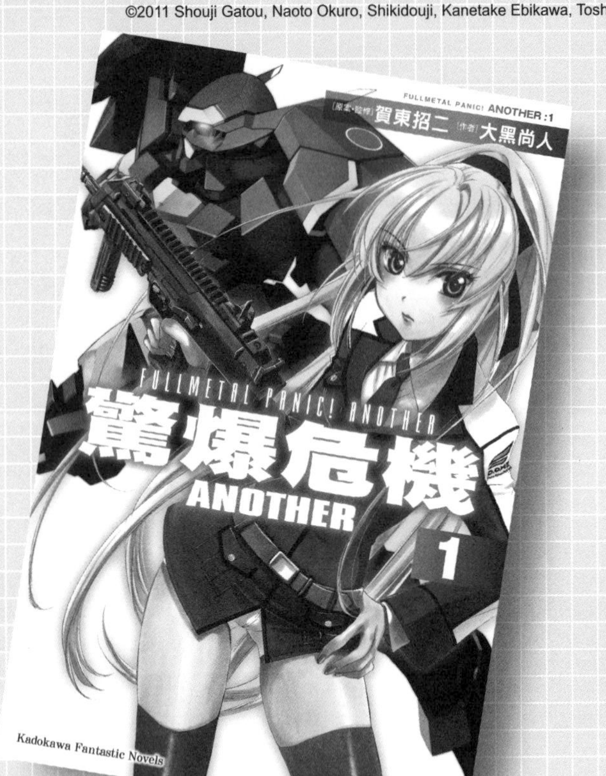

驚爆危機ANOTHER 1 待續

作者：大黑尚人　插畫：四季童子

科幻動作頂尖作品《驚爆危機》
其新故事終於展開行動！

市之瀨達哉是個普通的高中生。某天，突然有架失控的AS攻擊他。就在他覺得「死定了！」的瞬間，神祕的美少女雅德莉娜現身相救，但仍然徒勞而敗。達哉為了保護雅德莉娜及妹妹，毅然坐上完全沒接觸過的AS。他的命運，就此大幅改變——

NT$180/HK$50

國家圖書館出版品預行編目(CIP)資料

新機動戰記鋼彈W冰結的淚滴 / 隅沢克之作；
王中龍譯.
-- 初版. -- 臺北市：
臺灣國際角川, 2013.04-　冊；　公分. --
(Kadokawa fantastic novels)
譯自：新機動戦記ガンダムW フローズン.ティアドロップ
ISBN 978-986-325-306-8(第1冊：平裝)

861.57　　102002585

Kadokawa
Fantastic
Novels

新機動戰記鋼彈W 冰結的淚滴 1

贖罪的旋舞曲（上）

（原著名：新機動戦記ガンダムW フローズン・ティアドロップ 1）

2023年6月28日 二版第1刷發行

作者：隅沢克之
插畫：あさぎ桜、KATOKI HAJIME
原作：矢立肇・富野由悠季
譯者：王中龍

發行人：岩崎剛人
總編輯：蔡佩芬
主編：林秀儒
美術設計：黃永漢
印務：李明修（主任）、張加恩（主任）、張凱棋

發行所：台灣角川股份有限公司
地址：104台北市中山區松江路223號3樓
電話：（02）2515-3000
傳真：（02）2515-0033
網址：www.kadokawa.com.tw
劃撥帳戶：台灣角川股份有限公司
劃撥帳號：19487412
法律顧問：有澤法律事務所
製版：巨茂科技印刷有限公司
ISBN：978-986-325-306-8